오늘은 내가 너에게 갈게

목차

우리는 왜 타인이 될 수 없을까.

나는 왜 네가 될 수 없을까.

차라리 우리의 삶이 거기에서

함께 끝났다면 어땠을까.

숱한 가정을 해 보아도

나는 그리고 너는 지금,

여기 있어.

#아는_얼굴

그럴 때가 있다.

익숙한 이름을 듣고도 그 사람의 얼굴이 떠오르지 않을 때.

길에서 낯익은 얼굴을 보고도 이름이 생각나지 않을 때.

그런데 나는 어떻게 그 사람을 알아봤을까.

단 한 번이라도 서로의 눈이 마주치면 머릿속에 '아는 사람'이
되어 버리는 걸까.

우리는, 언제부터 '아는 사람'이 되었던 걸까.

오래된 기억이 아니라서 지나치게 생생했을지도 모른다. 엄마는 긴 수술에 들어갔고, 나는 수술실 앞에서 밀려오는 잠을 참아내고 있었다. 아빠의 표정은 무척 경직돼 있었는데, 수술이 길어질 것 같으니 집에서 자고 오라며 택시비를 주었다.

"괜찮아. 여기 있을래."

아빠가 건넨 돈을 받아 주머니에 넣으며 답했다. 주머니 속에서 금세 꾸깃꾸깃해진 지폐는 더 이상 돈처럼 느껴지지 않았다. 어떠한 감정도 올라오지 않는, 덤덤한 꿈을 꾸는 느낌. 급히 걸음을 떼는 의료진들과 올라오는 소독약 냄새. 긴 의자에 누워 꾸부정 잠이 든 사람들. 저들은 어떤 꿈을 꾸고 있는 걸까. 수술실에서 나온 의사가 영화처럼 기쁜 소식을 전하는 꿈일까. 내게도 그런 꿈이 찾아올까.

얼마나 시간이 흘렀을까. 수술실 문을 열고 나온 의사가 맞은편 의자로 향했다. 쪽잠에서 깬 이들이 급히 몸을 일으켰다. 무언가 말이 오가고 이내 감사하다는 소리가 들렸다. 물끄러미 그들을 바라보는 내 앞으로 아빠가 다가왔다.

"더 길어질지도 몰라."

아빠의 목소리에서 피곤이 묻어났다. 의사가 가고 난 뒤에도 한참 눈물을 흘리며 기뻐하던 사람들이 주섬주섬 짐을 챙겨 들고 자리를 떴다.

"저기서라도 좀 자. 아빠가 깨워 줄게."

나는 마지못해 건너편 의자에 몸을 반쯤 뉘었다. 의자에는 아직 온기가 남아 있었다. 몸을 웅크려 팔을 베고 눈을 감았다. 깊은 새벽, 피곤함을 넘어 머리가 어지러웠다. 이대로 어지러움에 빨려 들어가고 나면 모든 게 끝나 있을까. 어려운 수술이었지만 잘 되었습니다,라는 말을 들으며 꿈에서 깰 수 있을까. 힘이 풀렸다. 깊은 바닥으로 떨어지는 기분이었다.

"시이야."

아빠의 목소리에 화들짝 몸을 일으켰다. 어느새 창밖이 환했다.

"엄마, 엄마는?"

아빠의 얼굴이 낯설었다. 매일, 태어날 때부터 봐 온 얼굴인데 그 순간의 아빠는 모르는 사람처럼 느껴졌다. 슬픔보다 혼란이, 분노보다 절망이 섞여 있었다. 이어지는 정적에 살갗이 따가웠다. 본능적으로 느껴졌다. 긴 수술은 내가 잠든 사이 끝났고, 엄마는 살지 못했다.

아빠의 뒤를 따라 중환자실로 향했다. 의료진이 멈춘 자리, 머리 끝까지 흰 천을 덮은 사람이 엄마라는 걸 바로 알았다. 의사는 천을 살짝 걷어 엄마의 얼굴을 보여 줬다. 눈도, 코도, 입도 모두가 엄마가 맞는데 내가 알던 엄마가 아니었다. 핏기 없이 하얀 얼굴에 굳은 주름. 엄마의 얼굴은 마치 잘 만든 밀랍 인형 같았다. 아빠는 엄마의 손을 잡고 무릎을 꿇었다. 어른의 입에서, 그것도 아빠의 입에서 나오는 울음치고는 어린아이 울음 같았다.

만약 길에서 엄마를 만나면, 나는 엄마를 알아볼 수 있을까?

살아 있을 때의 엄마는 어떤 얼굴이었더라. 어제까지 보던 엄마의 얼굴이 떠오르지 않았다. 이상하다. 분명 어디서든 한눈에 알아볼 수 있는 얼굴이었는데. 엄마의 손에 매달려 있던 아빠가 이번엔 내 손을 잡았다. 손끝으로 전해지는 떨림이 내 심장을 조였다. 정말이지 길고 낯선 하루였다.

�╋

귀를 찌르는 알람 소리에 번쩍 눈을 떴다. 10분 정도 더 잘 수 있었지만, 불안함에 몸을 일으켰다. 고등학교 첫 등교 날. 왠지 챙겨야 할 것들이 더 있지 않을까 싶어 부지런을 떨었다.

집은 적막했다. 귀찮게 재촉하는 소리도, 미리 준비해 놓은 음식 냄새도 없었다. 원래 아침 먹는 걸 좋아하지 않았는데, 텅 빈 식탁에 마음까지 텅 비어 버린 느낌이었다. 식탁이란 이상한 곳이다. 수저를 하나 덜 놓을 때면 빈자리가 빠짐없이 느껴지곤 하는. 아빠는 살아야 한다고 했다. 엄마 몫까지 잘 살아가면 된다고 했다.

엄마 몫이란 게 뭘까?

깨우는 사람 없이 알람 소리에 일어나는 일일까. 혼자 교복을 사러 가는 일일까. 직접 세탁소에 들러 옷을 맡기고 찾아오는 일일까. 아니면 그저 식탁에 수저 하나를 덜 놓는 일일까. 미적지근한 두유가 목을 타고 내려갔다. 약간의 비릿함이 입안에 감돌았다.

익숙하지 않은 아침. 분주하게 준비를 마치고 집을 나서며 생각했다. 엄마가 살아 있었다면 내게 어떤 인사를 해 주었을까. 이제부턴 정말 공부에 신경 써야 한다고 말했을까. 아니다. 엄마는 공부 따위는 못 해도 상관없다고 말했을 것이다. 오히려 주눅 들지 말라며 활기찬 표정으로 장난쳤을지도 모른다. 아니, 모르겠다. 엄마가 무슨 말을 했을지 정말이지 모르겠다.

"시이야, 우리 이사 갈까?"

상 위에 어설프게 끓인 김치찌개와 마트에서 산 마른반찬 몇 개가 놓여 있었다. 나는 아빠와 마주 앉아 단 두 벌뿐인 수저를 바라봤다. 이내 아무렇지 않은 듯 국그릇에 찌개를 옮기고 밥을 말았다. 몇 숟갈 안 먹었는데도 금세 입맛이 사라졌다. 그 모습을 가만 바라보던 아빠가 다시 물었다.

"이 동네에서 학교 다니는 거 불편하지 않겠어?"

"… 아빠 직장은?"

"아빠는 어떻게든 하지. 너는 그런 걱정 안 해도 돼."

아빠의 말은 설득력이 없었다. 엄마는 아빠가 오랫동안 일자리를 구하지 못해 힘들어했고, 그런 아빠 대신 엄마가 여기저기 발로 뛰며 살아왔다고 했다. 심지어 나를 임신했을 때도 일을 했고, 제대로 몸을 풀지 못해 오랫동안 잔병에 시달렸다는 게 엄마가 말한 일종의 뒷담화였다.

"괜찮아. 나는."

"그래도 신경 쓰이지 않겠어?"

"… 왜? 우리가 부끄러운 짓이라도 했어? 아니잖아. 우리가 왜 이사 가?"

"……."

"난 싫어. 여기가 좋아."

"… 그래."

말은 그렇게 했지만, 엄마 장례식에 아무도 부르지 않았다. 그냥 누구도 부르고 싶지 않았다. 얼마 뒤, 일부러 친구들이 가지 않는 고등학교에 입학 원서를 넣었다. 아는 얼굴을 마주하고 싶지 않아서. 세상이 전혀 달라지지 않은 친구들을, 세상이 모두 바뀐 내가 어떤 얼굴로 마주해야 할지 몰라서. 그러면서도 이사는 싫다고 고집을 부렸다. 이런 내 마음을 아빠에게 들키고 싶지 않았다. 일부러 먼 고등학교에 진학한 것도, 내 마음도, 듣고 싶은 말도 모두. 어떻게든 말하고 싶었다. 나는 괜찮다고. 아빠도 괜찮을 거라고. 우리는 괜찮다고.

"살다 보면 여러 일이 있는 거래."

"살다 보면 여러 일이 있는 거라고?"

"응."

"누가 그래?"

"학교 선생님이."

실은 누구도 그런 말을 하지 않았다. 아무도 내게 그렇게 말해 주지 않아서, 내가 아빠에게 말했다. 듣고 싶은 말을 어떻게든 듣고 싶어서. 살다 보면 여러 일이 있는 거야. 그중 하나일 뿐이야. 엄마라면 분명 그렇게 말해 줄 것 같았다. 나는 엄마의 딸이니까, 엄마를 잘 알고 있으니까.

방으로 돌아와 뉴스를 검색했다.

'선아동 어린이 구역 트럭 사고'

사고 난 아이는 즉사. 구하려던 사십 대 여성은 함께 트럭에 깔려 병원으로 이송되었으나 끝내 사망. 트럭에 실렸던 적재물이 떨어지면서 행인 세 명 부상.

'끝내'라는 짧은 단어에 결코 잊을 수 없는 열여섯 시간이 있었다. 주머니에서 나온 꾸깃꾸깃한 지폐가 반갑지 않던 순간이었다.

⊹

3월의 찬바람이 날쌔게 옷 틈 여기저기를 파고들었다. 묵직한 패딩 지퍼를 끝까지 끌어올렸다. 고개를 들자 나무에 알알이 핀 꽃이 눈에 들어왔다. 가장 먼저 피는 꽃은 목련이라고 엄마가 말했다. 가장 먼저 피고 또 빨리 져 버린다고. 벌써 떨어진 목련꽃 몇 개가 사람들의 걸음에 밟혀 지저분하게 엉켜 있었다.

고등학교는 중학교보다 규모가 크고 구조도 복잡했다. 1층은 3학년이, 2층은 2학년이 썼고, 3층까지 가서야 1학년 반이 나왔다. 복도가 디귿 자 모양이어서 복도 끝이 막힌 듯 보여도 끝까지 가면 숨은 복도가 나왔다. 1학년 3반. 한 번 더 반을 확인하고 교실 문을 열었다. 반쯤 사람이 앉아 있는 교실에서는 온기가 느껴졌다. 동시에 내 쪽으로 일제히 시선이 향했다. 아는 사람인지, 누구인지 확인하는 눈길이었다.

나는 누구와도 시선을 마주치지 않고 칠판에 붙은 자리표를 확인했다. 앞으로 일 년간 함께해야 하는 이름들 가운데 낯익은 이름은 없었다. 나를 아는 사람이, 내가 아는 사람이 아무도 없는 곳. 자리 또한 뒤에서 첫 번째 창가였다. 온 세상이 나를 덩그러니 떼어 놓는 기분. 보이지 않고 닿지 않는 곳에 툭 떨어져 버린.

창밖을 본다. 첫날부터 지각하지 않기 위해 바삐 걸음을 옮기는 학생들. 최대한 빨리 가기 위해 운동장을 가로지르는 누군가. 교문 밖, 검은색 코트에 파랑 목도리를 걸친 채 스마트폰을 보며 걸어가는 남자. 그가 보도블록에 발이 걸렸는지 급히 고개를 든다. 그 옆으로 초록색 버스 정류장이 있다. 누군가는 기다리고, 누군가는 내린다. 버스에서 쏟아진 학생들이 가벼운 발걸음으로 교문을 향해 달린다. 학생들이 내린 자리를 출근하는 사람들이 다시 채운다.

시간이 지날수록 웅성거리는 소리가 커졌다. 자리가 채워지자 교실의 온도가 올라갔다. 나는 패딩을 벗고 의자에 걸기 위해 몸을 숙였다. 그때, 누군가 무거운 걸음으로 들어오는 게 느껴졌다. 확연히 다른 발소리. 최대한 관심을 주지 않으려 했지만, 고개가 돌아가는 걸 막을 수 없었다.

그리고 나는 알아보았다. 엄마의 장례식에 왔던 그 사람을. 단한 번 스치며 봤을 뿐인, 앞으로 다시 볼 일은 없을 거라 생각했던 그 사람을. 검은 옷 대신 교복을 입고, 화장기 없는 얼굴에 머리를 단정히 묶었지만, 한눈에 알아보았다.

눈이 마주쳤다. 그 사람이 내 쪽으로 다가왔다. 가까워질수록 확신이 들었다. 그는 내 옆자리의 의자를 빼더니 살금 앉았다.

"안녕."

아이처럼 새된 목소리에 부드러운 억양. 낯이 익은 얼굴과 처음 듣는 목소리. 나도 모르게 답했다.

"아… 안녕하세요."

한 번의 스침과 두 번의 만남, 그리고 첫인사. 우리는 어떻게 한순간 우리가 우리임을 알아봤을까.

#엇갈린_단추

"오늘 어땠어?"

엄마가 세상을 떠난 지 반년이나 흘렀는데도 아빠의 요리 솜씨는 여전히 서툴렀다. 당근과 쪽파를 다져 넣고 만든 계란말이는 한눈에 봐도 울퉁불퉁했다. 아빠는 못생긴 계란말이가 신경 쓰였는지 그 위를 케첩으로 완전히 덮었다. 짜지도, 싱겁지도 않은 케첩맛 계란말이. 엄마가 그랬다. 밥투정이 많던 나도 계란프라이에 케첩만 비벼 주면 한 그릇을 뚝딱 먹었다고. 아빠도 그걸 기억한 걸까. 계란말이를 밥에 비벼 먹으며 해야 할 말까지 삼킨 기분이었다.

"그냥 그랬어."

"그래도 고등학교 첫날인데 긴장되지 않았어?"

조금은 삐딱한 시선으로 아빠를 올려다봤다. 아빠는 내 눈빛에 당황한 듯 괜히 반찬을 뒤적거렸다.

"이제 고등학생인데 뭘."

"그래……."

아무렇지 않은 척 계란말이를 밥그릇으로 옮기는데 케첩이 교복 와이셔츠 위로 떨어졌다. 짧은 탄성을 내자 아빠가 급히 물티슈를 뽑아 건넸다. 여러 번 힘주어 문질렀지만 누르스름한 자국은 끝내 지워지지 않았다. 오히려 문지르면 문지를수록 더 번지는 것 같았다.

"아……."

"왜? 자꾸 신경 쓰여?"

"아니. 단추를 잘못 끼웠어."

⊹

처음부터 엇갈렸던 걸까. 넥타이를 메고 깃을 정돈할 때도 어색함은 없었다. 움직일 때도 불편하지 않았다. 아니다. 어쩌면 세상엔 너무도 이상한 일이 많아 이 정도 이상함은 아무렇지도 않았던 걸지도 모른다.

얼굴이 익숙한 그 사람은 엄마의 장례식장에서 본 사람이 맞았다. 그녀는 나와 눈이 마주치자 순간, 걸음을 주춤했다. 그러고는 다시 한번 자기에게 배정된 자리를 확인하더니 내 쪽으로 걸어왔다. 끼이익. 의자 빼는 소리가 유독 거슬렸다.

"안녕."

그녀가 한참을 알고 있던 사이처럼 인사를 건넸다. 나도 얼떨결에 대답했지만, 말을 이어갈 생각은 없었다. 그러나 그녀는 말을 이었다.

"여기서 다시 만나네."

"……."

"세상 참 좁다."

공기가 무겁게 내려앉았다. 침묵 속에서 세상 참 좁다는 말을 속으로 곱씹었다. 아무리 뜻을 더듬어 봐도 뭐라 대답해야 할지 알 수 없었다. 그녀는 천연덕스레 말을 이었다.

"그때는 중학생이었는데……."

"… 우리가 반가워할 사이는 아니잖아요."

추억을 되짚는 듯한 그녀의 말에 날이 섰다. 그녀는 살짝 당황한 눈치였다. 그러나 곧 가방을 뒤적이더니 대답 대신 미니 멘토스를 내 책상 위에 올려놓았다. 빨간색, 딸기 맛이었다. 나는 책상 위에 덩그러니 놓인 멘토스를 바라보다 쏘아붙였다.

"그쪽은 고등학생도 아니고요."

"이번에 입학했어, 나도."

그때 교실 앞문이 열리고 담임 선생님이 들어왔다. 대화는 거기까지였다. 아침 조회를 마치고 입학식을 위해 강당으로 자리를 옮길 때도, 선배들이 건네준 꽃 한 송이를 받을 때도, 행사를 마치고 교실로 돌아와 오리엔테이션을 할 때도 나는 도망치듯 걸음을 서둘렀다. 그녀도 억지로 말을 걸지 않았다. 그렇게 고등학교 첫날이 어수선하게 지나갔다. 짧다면 짧고, 길다면 긴 입학 첫날이었다. 나는 교실 문을 나서며 칠판에 붙은 자리 배치표를 다시 살폈다.

고은지…….

그 사람의 이름이었다.

⊹

오늘 아침은 첫 단추에 집중했다. 아무리 생각해 봐도 어제는 첫 단추를 잘못 끼웠다. 맨 위에서부터 하나씩 꼼꼼하게 단추를 잠갔다. 하지만 단추를 다 끼워도 구멍이 하나 남았다. 다시 첫 단추부터……. 아까와 마찬가지로 남겨진 구멍 하나. 마지막 단추가 떨어진 걸까? 아니면 구멍이 하나 잘못 뚫린 걸까? 다 잠그지 못한 와이셔츠를 치마 안으로 욱여넣었다.

신경 쓰지 말자고 되뇌었다. 어차피 보이지 않는다. 아무도 눈치채지 못할 거다. 교복 단추가 어긋났다는 사실도, 그녀와 내가 만난 적이 있다는 사실도. 심지어 그녀가 열일곱이 아니라는 것까지도. 별일 아니라고, 자꾸만 되뇌었다. 오늘만큼은 철저히 그녀를 모르는 체해야겠다고 다짐했다.

두꺼운 패딩 점퍼를 의자에 걸친 뒤, 의자를 앞으로 당겼다. 미리 다운받은 파일에는 교과 내용이 잘 정리되어 있었다. 입학 전, 수업이 태블릿 중심이라며 아빠를 설득해 받은 아이패드였다. 아빠는 고개를 갸웃거리면서도 선뜻 아이패드를 사 주었다. 물론 학교에서도 태블릿을 빌려준다는 건 말하지 않았다. 학기가 끝나면 다시 반납해야 하는 태블릿으로는 공부한 걸 정리하기도, 두고두고 보기에도 적합하지 않으니까. 이런저런 이유로 대부분 개인용 태블릿을 이용했다. 그런데 아침 조회 시간, 대여용 태블릿을 받으러 나가는 몇몇 중 그녀도 있었다.

"혹시 이거 연결 어떻게 하는지 알아?"

다시 들려온 목소리. 온 힘을 다해 못 들은 척했다.

"처음 써 보는 거라 어떻게 하는지 모르겠어. 연결이 안 돼."

애써 무시하며 시선을 피했다. 하지만 고집스럽기는 그녀 역시 마찬가지였다. 꼼짝 않고 앉아 있는 나와 멀뚱히 서 있는 그녀. 비어 버린 말 사이, 아이들의 시선이 느껴졌다. 어쩔 수 없이 고개를 돌렸다. 검은색 패드와 흠집 많은 펜슬이 그녀의 조그만 손에 들려 있었다. 나는 낚아채듯 패드를 가져와 블루투스를 연결했다. 행여 다시 말을 걸면 어쩌나 싶어 아예 필기까지 되는 걸 확인하고 돌려줬다.

"고마워."

그녀가 눈웃음을 지으며 말했다. 웃을 때 눈이 반달 모양으로 휘어지는 게 서글서글해 보였다. 그러나 나는 알고 있었다. 그녀가 나와 담임을 빼놓고는 모두를 속이고 있다는 사실을. 그녀의 나이는 스물다섯이고 심지어 아들도 하나 있었다는 걸. 그리고 그 아들이 우리 엄마와 함께 사고를 당했다는 걸.

"같이 가자."

"……."

달갑지 않은 체육 시간이었다. 단추가 없는 체육복을 입었는데도 어쩐지 짝이 맞지 않는 기분이었다. 이 기분을 들키고 싶지 않아 반 친구들로부터 한참 떨어져 복도를 걷는데 그녀가 다가왔다. 나는 그녀를 피해 걸음을 재촉했다.

"시이야."

걸음이 멈칫했다. 그녀가 내 이름을 불렀다. 부드럽고 다정하게, 그리운 말투로. 그 느낌이, 내가 겪는 이 상황이 모두 그녀의 이기심 같았다. 지난 일 따위 하나도 떠올리고 싶지 않았다. 그러나 그녀를 보면 자꾸만 떠올랐다. 내가 왜 이곳에 있는지. 내게 무슨 일이 있었는지. 나는 몸을 돌려 그녀 쪽으로 성큼 걸어갔다. 화끈거리는 얼굴을 무시한 채 단호한 목소리로 말했다.

"나한테 말 걸지 마요."

"… 내가 미워?"

"밉고 말고를 떠나서 왜 아는 체해요? 그리고 그쪽은 스물다섯이잖아요. 나이도 속이고 학교에 들어온 거잖아요. 괜히 알려져서 좋을 거 없을 텐데. 저도 그쪽 모른 체할 테니까, 서로 학교생활 조용히 하자고요."

그녀는 잠시 고민하는 듯하더니 고개를 끄덕이곤 천천히 걸음을 옮겼다. 표정이 묘했다. 실망도, 화도, 슬픔도 아니었다. 말로 담지 못하는 마음이 그녀 얼굴에 비쳤다. 뭐라 덧붙이고 싶었지만, 동시에 아무 말도 하고 싶지 않았다. 나는 그녀보다 몇 걸음 뒤에 처져 걸었다. 첫날부터 꼬여 버린 학교생활을 떠올리니 눈물이 날 것 같았다.

눈물을 참기 위해 창밖으로 시선을 던졌다. 걸음마다 장면이 스쳤다. 수십 통의 부재중 전화. 엄마의 사고를 알리는 아빠의 문자. 하굣길을 서두르는 아이들의 들뜬 목소리. 걷잡을 수 없던 불안. 택시를 잡기 위해 핸드폰을 만지다 떨어트린 순간 금이 간 액정과 수술실 앞에서 보낸 긴 시간. 하루가 지나 올라온 뉴스 기사들. 그리고 그 안에 영원히 박제된 엄마의 생전 마지막 모습.

"살다 보면 어떻게든 다 살아지더라."

그날도 엄마는 현관문을 나서며 이렇게 말했다.
"우린 어차피 부자가 되긴 틀렸으니까 하고 싶은 걸 해."
장난이었을 것이다. 웃고 있었으니까.

운동장으로 나가는 길. 수많은 창살을 지나친다. 벌써 반년도 더 지난 얘기인데 지워지기는커녕 더욱 선명해졌다. 어쩌면 나는 평생 이 순간에서 벗어날 수 없을지도 모른다. 잊을 수 없는 마음과 잊고 싶은 마음 사이를 오가며 평생 그 말을 곱씹을지 모른다. 어떻게든 살아진다던 엄마는 처음 본 아이를 지키려다 목숨을 잃었고, 그 아이의 엄마가 내 앞에 있다. 그녀는 아이를 잃고, 나는 엄마를 잃었다. 그녀의 잘못이 아니라는 걸 안다. 하지만 내가 그녀를 이해하려고 노력할 필요는 없다. 나는 우리 엄마의 죽음이 더 슬프니까. 순식간에 엄마를 잃은 삶이 내 앞에 놓여 있으니까.

눈물을 흘리지 않으려고 이를 악무는데도 자꾸만 볼이 뜨거웠다. 엇갈린 발걸음 소리가 복도에 울렸다.

·-·-

1교시 체육 시간이 끝난 뒤에도 교복으로 갈아입지 않았다. 맞지 않는 단추 구멍 하나가 계속 신경 쓰였다. 다른 아이들의 와이셔츠에는 모두 단추가 제대로 달려 있었다. 왜 나만 다를까. 무엇이 문제인지도 모르게 눈에 보이지 않을 만큼. 그러나 나는 알고 있었다. 내 와이셔츠는 단추가 어긋났다는 걸.

그녀는 정말 아무렇지도 않은 걸까. 그녀는 체육 시간 이후 내게 말을 걸지 않았다. 다행이었다. 혹시나 다시 말을 걸까 날을 곤두세우고 있었는데 오히려 그녀를 흘끔거리는 건 나였다. 아무 일도 없었던 사람처럼 태연한 표정으로 앉아 수업에 집중하는 그녀를 도저히 신경 쓰지 않을 수가 없었다. 모르는 사람이 보면 그녀는 정말이지 공부를 열심히 하는 고등학교 1학년 학생이었다. 반짝이는 눈으로 열심히 무언가 받아 적는 모습. 나보다 더 학교에 어울려 보였다.

엄마가 세상을 떠난 뒤 나는 매일 뉴스를 검색하고 또 검색했다.

'선아동 졸음운전 트럭 사고, 2명 사망 3명 부상'

반복되는 영상 속에서 아나운서는 정확한 발음으로 같은 말을 반복하고 또 반복했다.

"어제 오후, 선아동 학교 앞 어린이 구역에서 트럭이 지나가던 보행자를 덮치는 사고가 발생했습니다."

이어지는 CCTV 화면에서는 육중한 3.5톤 트럭이 내리막길을 미끄러지듯 내려온다. 분명 감속을 해야 하는데 트럭은 속도를 줄이지 않는다. 위협을 감지한 사람들이 화들짝 놀라 옆으로 비켜선다. 트럭은 불과 몇 초 만에 인도로 튀어 올라 지나던 아이를 덮친다. 그리고 그 앞으로 순식간에 뛰어드는 성인 여성의 모습. 화면은 거기에서 멈춘다. CCTV 화면에 소리는 담겨 있지 않았지만, 어쩐지 저 멀리서 비명소리가 들려오는 듯하다.

"초등학교 입학을 앞둔 일곱 살 아이를 구하기 위해 뛰어든 사십 대 시민 또한 병원에서 치료 중 사망하여 안타까움을 주고 있습니다. 적재물에 부상을 입은 세 명은 다행히… 화물 운송 기업은 이에 대한 책임을 두고… 이상 사건 사고 소식이었습니다."

고작 2분짜리 뉴스를 나는 보고 또 보았다. 트럭 앞에 얼음처럼 멈춰 선 아이를, 그 앞으로 겁도 없이 뛰어드는 여성을. 그 여성이 우리 엄마라고 확신할 수 있는 정보는 아무것도 없었다. 나이와 사는 동네가 일치할 뿐. 뉴스에는 그 여성이 아침 일찍 출근하면서도 하루도 빠짐없이 아침밥을 차려주던 엄마라는 사실도, 그 딸이 대학에 가지 않겠다는 말을 듣고도 인상 한 번 찌푸리지 않았다는 사실도 담겨 있지 않았다.

그녀를 볼 때마다 2분짜리 뉴스가 머릿속에서 재생된다. 선아동. 일곱 살. 사십 대 여성. 단어 하나도 빠짐없이 아나운서의 목소리가 생생하게 들린다. 그녀도 그 뉴스를 봤을까? 그런 생각을 하면 그녀의 마음을 알게 될까 봐 애써 생각을 지웠다. 결국, 고개를 돌렸다. 창밖에 비친 하늘이 유달리 높아 보였다.

점심시간, 나는 일부러 느린 걸음으로 급식실로 향했다. 긴 줄 마지막에 서서 기다리다 들어가니 이미 점심을 다 먹고 일어나는 애들이 보였다. 덕분에 빈자리가 꽤 남아 있었다. 가장 구석진 곳에 자리를 잡았다. 건너 자리 애들이 차례로 일어나자 빈자리가 확 늘었다. 그때 내 앞에서 기척이 느껴졌다. 나는 깜짝 놀라 고개를 들었다. 그녀였다.

"앉아도 될까?"

"이미 앉았잖아요."

그녀가 옅은 미소를 지었다. 살가울 것 없는 사이인데 자꾸만 다가오는 모습이 정말이지 보기 싫었다. 그런 마음의 여유 따위, 내게 사치였으니까. 순간순간을 버티는 것만으로도 벅찬 나와 달리 그녀는 태연해 보였다. 그래서 상처 주고 싶었다. 나는 당신과 다르다고. 내가 느끼는 아픔을 조금이라도 알고 있냐면서.

"당신 때문에 우리 엄마가 죽었어요."

"……."

"엄마 장례식장에 온 거 봤어요. 입구에서 멀리 떨어진 곳에 들어오지도 않고 서 있었죠? 이름 없는 봉투가 나왔다고, 아빠가 말해 줬어요. 너무 큰돈인데 이상하다고."

그녀는 말없이 국물을 떠 입에 넣었다. 밥을 뜨고, 반찬을 집고, 우물우물 천천히 씹어 삼켰다. 오랫동안 씹어서일까. 음식이 침을 삼키듯 부드럽게 넘어갔다.

"그래, 맞아."

"왜요? 왜 고등학교에 왔어요?"

그녀는 숟가락질을 멈추지 않았다. 내 물음이 아무것도 아니라는 듯. 그녀의 무시를 참을 수 없어 채근하듯 말했다.

"내가 여기 입학하는 거 알고 있었어요?"

"몰랐어."

"정말요?"

"응. 그러니까 밥 먹어."

거짓말 같지는 않았다. 원래 내가 살던 동네에는 중학교와 고등학교가 하나뿐인 데다, 특별한 경우가 아니면 대부분 집에서 가까운 학교에 진학했기 때문이다. 그러니까 내가 지금 다니는 고등학교에 진학한 건 어쩌다 나오는 특별한 경우에 속했고, 그녀로서는 이를 짐작하기 어려웠을 것이다. 그녀가 부지런히 놀리던 숟가락을 내려놓았다. 식판이 깨끗하게 비워져 있었다.

"처음에는 나도 놀랐어. 널 다시 만날지 몰랐거든."

"그럼 쭉 모르는 체하지 그랬어요."

"그래도 지나칠 수 없는 마음이란 게 있어. 아마 네 엄마도……."

그녀가 나를 똑바로 응시했다. 밝은 갈색의 눈동자가 보였다. 흔들리는 눈동자 속에서 오랜 기억이 떠올랐다. 아주 어릴 적 엄마에게 물었던 말이었다. 많이 울면, 눈동자 색이 옅어지기도 하냐는, 천진난만한 물음. 엄마는 한바탕 크게 웃으며 말했다.

"그럼 시이 눈동자가 이렇게 짙은 건 밝게 살라는 의미인가보네."

말도 안 되는 그 말이, 그녀의 눈동자에 담겨 있었다. 많은 눈물을 흘린 눈동자. 눈물에 색이 다 빠져 옅은 갈색만 겨우 남은. 점점 그녀의 눈가가 촉촉해졌다. 금방이라도 눈물을 흘릴 것처럼 코끝이 붉어졌다.

"그냥 은지라고 부를게."

"……."

그녀의 눈물을 보고 싶지 않아 고개를 떨궜다. 어떤 말을 해야 할지 몰라 반찬을 입안에 오래 머금었다. 씹을수록 음식이 부드럽게 목 안쪽으로 넘어갔다. 울어야 할 사람은 난데, 왜 그녀가 더 슬퍼 보이는 걸까. 나는 왜, 그녀의 이름을 불렀을까.

"그래."

언니라고 부르고 싶진 않았다. 친구가 되고 싶은 마음도 없었다. 그냥 지금 내 앞에 앉아 밥을 먹는 같은 반 학생일 뿐. 우리는 그 이상도 그 이하도 아니다. 하지만 그녀는 지나칠 수 없는 마음이 있다고 했다. 그게 어떤 마음인지는 명확하게 말할 수 없어도. 나는 차마 자리에서 먼저 일어날 수 없었다.

꽃

집에 돌아와 다시 한번 교복에 달린 단추 개수와 단추 구멍의 개수를 세어 보았다. 단추는 일곱 개, 단추 구멍은 여덟 개. 왜 구멍이 하나 남는 걸까? 그때 셔츠 안쪽 라벨에 붙어 있는 단추를 발견했다. 단추가 떨어졌을 때 쓰는 여분 단추였다.

엄마의 서랍을 뒤져 반짇고리를 찾아냈다. 가정 시간에 배운 대로 바늘에 실을 끼우고 매듭을 묶었다. 단추를 꿰맬 위치에 놓고 아래에서 위로, 다시 위에서 아래로 한 땀 한 땀 떠냈다. 빳빳한 와이셔츠 천을 뚫고 바늘이 튀어나올 때마다 시야가 점점 흐려졌다.

엄마가 없다는 건 혼자 와이셔츠 단추를 다는 일일까. 반짇고리가 어디 있는지 기억하는 일일까. 따끔함이 느껴지자 시야가 또렷해 졌다. 손끝에 핏방울이, 툭 떨어졌다.

#남모를_미움

처음 누군가를 미워한 기억이 있다면 아마 유치원에 다닐 때였을 것이다. 희정이란 친구는 이름만 또렷하고 얼굴은 희미하다. 내가 다녔던 유치원은 매달 생일이 있는 애들을 모아 파티를 열어 주었는데, 희정이와 나는 똑같이 4월생이었다.

오랜 기억 속 4월이었다. 유치원 선생님이 나와 희정이와 이름조차 기억나지 않는 어떤 남자애를 나란히 앉히고는 생일 축하 노래를 불러 주었다. 친구들이 박수를 치며 노래를 따라 불렀고, 사탕으로 만든 목걸이와 금색 종이를 오려 만든 왕관이 반짝거렸다. 노래는 짧았다. 나는 가장 가운데에 서서 초를 불고 싶었다. 하지만 이미 가운데를 차지한 희정이가 자리를 지키기 위해 억척스럽게 떼를 썼다. 결국 가운데 자리는 희정이 차지였다. 선생님과 아이들의 축하가 모두 희정이에게 가는 듯했다. 그때 내 안에 미움이 자랐다. 그러나 누구에게도 그 미움을 말하지 않았다.

그 뒤 희정이와의 사이가 어떻게 됐는지는 정확히 기억나지 않는다. 많은 친구가 그러하듯 희정이와 나는 자연스럽게 멀어졌던 것 같다. 심지어 희정이가 이사를 가면서 유치원을 떠났을 땐 아쉬운 듯 눈물까지 흘렸다. 미움이란 이상했다. 누군가 간절하게 사라지길 바라면서도 정말 사라지고 나면 눈물이 나는 감정. 단 하나로 규정되지 않는 마음, 미움.

그리고 지금 나는 오른편 책상에 앉은 그녀를 가만히 본다. 볼록한 이마와 선명하지만 날카롭지 않은 턱선, 살짝 올라간 입꼬리와 작은 입. 가끔씩 입을 열면 흘러나오는 앳된 목소리. 특히 국어 시간에 시를 읽을 때면 일곱 살 아기 같은 목소리가 나는 그녀. 선 아동 졸음운전 트럭 사고 피해자의 엄마인 그녀.

만약 그녀가 사라진다면 나는 눈물을 흘릴까? 그녀를 향한 감정이 미움이라면, 조금 눈물을 흘릴지도 모른다. 왜 멋대로 내 삶에 나타났다 멋대로 사라지는지. 차라리 모르는 척하지. 처음부터 나타나지 말지. 너 때문에 잊을 수조차 없잖아. 그런 원망을 퍼부으며 미워하다 기어이 눈물을 흘릴지도 모른다.

엄마가 수술 중인 병원으로 향하던 길, 나는 조금도 빨리 가지 않는 택시기사를 원망했다. 규정 속도나 신호를 어기지도 않고, 차가 많이 막힌다면서도 태연한 눈치였다. 아무리 마음을 서둘러도 시간은 똑같이 흘렀다. 얼마 남지 않은 엄마의 시간과 엄마에게 닿지 못한 내 시간조차.

수술실 앞에서 자세한 사고 경위를 들었다. 과다 업무에 시달리던 화물 트럭 운전기사가 어린이 구역에서 졸음운전을 한 거라고 했다. 그러자 미움은 트럭 운전기사에게 옮겨 갔다. 졸리면 쉬었다 가지. 더 넓은 길로 돌아서 가지. 트럭 운전기사는 약간의 경상만 입었다고 했다. 그래서 더 미웠다. 살아남은 그 사람을 미워하고 또 미워하기로 했다.

긴 수술을 받고도 엄마가 세상을 떠났을 때 나는 의사까지 원망했다. 사람 하나 살려내지 못하는 의사들이 미웠다. 초췌한 표정으로 소식을 전하는 의사가 용서할 수 없을 만큼 미웠다. 그 순간 밉지 않은 것이 없었다. 괜찮을 거라 말해 주던 택시기사도, 과다 업무에 시달리던 트럭 운전자도, 최선을 다했으나 환자를 살리지 못한 의사도, 모두. 하지만……

이렇게 미운데, 마음 놓고 미워할 수 있는 게 아무것도 없었다.

그래서 고작 일곱 살 난 아이까지 미워했는지도 모른다. 그리고 그 미움이 흐르고 흘러 그녀에게까지 닿았는지도 모른다.

╬

때때로 창밖을 보고 있자면, 창에 반사된 그녀 얼굴이 흐릿하게 비쳐 보였다. 덕분에 시선을 다른 곳에 두고도 그녀를 자세히 관찰할 수 있었다. 그녀의 가방에는 항상 짐이 많았는데 여러 교과서를 요령 없이 들고 다녔기 때문이다. 불룩 튀어나온 무거운 가방을 힘겹게 매고 다니는 그녀의 모습은 어쩐지 고집스러워 보이기까지 했다. 그래서일까. 같이 어울릴 친구를 찾기 위해 여기저기 말을 걸고 다니는 친구들도 유독 그녀에게는 다가가지 않았다.

"너 선아 중학교 나왔다며? 내 친구도 선아 중학교 나왔는데. 김명이라고 알아?"

낭랑한 목소리에 깜짝 놀라 고개를 돌렸다. 자기 피부색보다 한 톤 밝은 파운데이션을 바른 나솜이가 서 있었다. 그 뒤에 같이 어울리는 두 사람이 더 있었다.

모를 리가 없었다. 김명이는 눈매가 고운 데다 늘 활짝 웃고 다녀서 학교에서 인기가 많은 아이였다. 그러나 나는 명이와 대화를 나눠 본 적이 없었다. 수준별 이동 학습 때 명이가 볼펜을 빌린 정도가 전부였다. 하지만 솜이가 물어본 건 명이랑 친하느냐가 아니었다. 명이를 안다고만 해도 우리는 어울릴 수 있었다.

"모르겠는데."

"진짜 몰라? 김명이를?"

일부러 그렇게 말했다. 누구와도 어울리지 않기 위해 이곳까지 왔으니까. 일부러 더 무심한 표정과 목소리로 말하자 솜이는 난감한 기색을 보였다. 뒤에 서 있던 둘이 짜증스런 표정으로 솜이를 끌어당겼다.

"야, 됐어. 우리끼리면 됐지."

"그러게 내가 말 걸지 말랬잖아."

솜이는 뭔가 아쉬운 듯한 표정으로 발걸음을 주저했지만, 내가 먼저 시선을 돌려버렸다. 창에 비친 솜이의 얼굴은 조금 실망한 듯 보였다. 잠시 뒤 솜이는 자연스럽게 무리 속으로 돌아갔다. 그 사이에서 날카로운 말 하나가 툭 튀어나왔다.

"재수 없어."

노하은이었다. 그 순간, 옆자리에서 우리의 대화를 엿듣던 그녀가 고개를 푹 숙였다. 그리고 나는 먼저 말을 걸어 온 솜이를 미워했다. 처음부터 말을 걸지 말지. 서운한 표정이라도 짓지 말지. 내 마음속 미움은 어디로 튈지 모르는 고무공 같았다.

고무공은 빠르게 튀어 오른다. 퇴근이 늦어지는 아빠를 기다리다 곧장 미움이 아빠에게 옮겨 붙는다. 좀 일찍 들어오지. 하필이면 이런 기분에 혼자 있게 두다니. 미움은 이리저리 튀다 결국 다시 그녀를 향한다. 재수 없다는 말에 고개를 푹 숙이던 그녀. 재수 없다는 말을 들은 건 난데, 그녀는 왜 고개를 푹 숙였을까.

유튜브에 선아동 트럭 사고를 다시 검색한다. 이미 다 본 뉴스다. 2분짜리 동영상을 다시 누른다. 그 아래 연관 기사로 트럭 운전기사의 열악한 노동 환경에 대한 탐사보도가 떴다. 트럭 운전기사의 주 평균 운행 시간은 유럽 기준인 56시간을 훌쩍 뛰어넘고, 휴게 시간 또한 따로 정해지지 않았다. 트럭 안에서 쪽잠을 자는 운전기사의 모습이 영상으로 흘러나온다. 통통. 다시 미움이 튄다. 그래도 졸리면 차를 세웠어야지. 최소한 이런 일은 만들지 말았어야지. 트럭 운전자에서 운송 회사로, 운송 회사에서 방관하던 이들에게로.

기사에 달린 댓글을 본다. 선아동 졸음운전 트럭 사고를 언급한 댓글이 눈에 띈다.

- 얼마 전 일어난 선아동 사고는 운전자 잘못도 있지만, 회사도 문제가 아닐

까요? 사고를 당한 피해자도 안타깝지만, 운전자가 휴게 시간을 보장받지 못하는 한 언제든 일어날 수 있는 사고라 보입니다.

미움이 울컥 목까지 올라온다. 크게 소리라도 지르고 싶다. 당신이 뭘 아냐고, 우리 엄마의 죽음은 고작 안타까운 죽음이 아니라고. 당신은 아무것도 모른다고. 하지만 아무런 소리도 나오지 않는다.

또 다른 댓글이 눈에 띈다.

- 피해자 아이 엄마가 청소년 미혼모였다고 하네요. 참 안타깝습니다. 자식을 먼저 보내고 마음이 얼마나 아플까요…….

정중한 듯 보이지만, 결국 남 얘기를 아무렇지 않게 한다. 미움이 마구잡이로 튄다. 아무것도 모르는 주제에. 얼굴도 모르는 이를 미워한다. 그 아래에 누군가는 영상 링크를 올려놓았다. 1분짜리인데 몰래 찍은 듯 화면이 흔들리고 화질이 낮다. 장례식장으로 보이는 영상 안에서는 검은 상복을 입은 여자가 바닥에 쓰러진 채 오열을 하고 있다. 전체적으로 모자이크가 되어 있어 얼굴은 보이지 않는다. 음성은 변조되어 있고, 이름도 묵음 처리되었다.

"아아! 아! 우리 ○○이, 안 돼, 안 돼!"

아주 처절한 외침이다. 그 비명이 마음을 긁는다. 나는 잠시 핸드폰을 내려놓는다. 영상 속 여성이 그녀라는 증거는 없다. 하지만 그녀의 옆모습이 자꾸만 떠오른다. 머릿속이 복잡하다. 다시 핸드폰을 들고 영상을 앞으로 돌려 본다.

"아아! 아! 우리 ○○이, 안 돼, 안 돼!"

무너진 여성은 혼자다. 주변에 상복을 입은 사람이 아무도 없다.

"안 돼, 안 돼…!"

절규를 마지막으로 그녀는 온몸의 힘이 빠져 버린 듯하다. 우는 소리에도 기력이 없다. 이어 영상이 끝나고 적막이 찾아온다. 영상 아래에는 댓글이 또 달려 있다.

- 책임감 없는 청소년 미혼모도 있는데… 이분은 끝까지 책임을 다하고자 했는데… 그래서 더 안타깝네요. 힘내시길 바랍니다.
- 아이 구하려다 죽은 아주머니도 중학생 자녀가 있었다네요. 세상에… 정말 슬픈 일이네요.

그녀의 절규에 우리 엄마를 끼워 맞춘다. 욱여넣은 슬픔에는 '중학생 자녀'인 나도 들어 있다. 문득 그 말이 너무나 아파 가슴을 움켜쥔다. 꼭 그렇게 말해야 했을까. 꼭 그렇게 알려야 했을까. 그들의 슬픔에 다 담기지 못한 내 마음을 본다.

미움이 번지고 번지다 못해 온 세상을 가득 채운다. 가장 미워하고 싶지 않던 엄마에게까지 미움이 뻗친다. 차라리, 차라리 못 본 척하지. 그냥 지나치지. 차마 그 말을 할 수 없어 숨을 강하게 뱉는다. 심장이 조여 온다.

흐릿해진 시야 사이로 엄마의 얼굴이 선명해진다. 엄마는 건강하고 생기 넘치는 사람이었다. 강인하면서도 부드러운 미소를 가진 사람이었다. 언젠가 엄마는 이런 얘기를 했다.

"시이야, 사람은 그럴 수 없는 거야."

·┼·

"시이야, 사람은 그럴 수 없는 거야."

엄마는 종종 '사람'에 대해 말하곤 했다. 사람은, 사람이라면, 사람으로서……. 엄마에게 사람이란 개념은 하나의 유기체 같았다. 서로 얽히고설켜 그 자체로 하나의 생명을 가진 무엇. 나와 남이 아닌 사람과 사람. 엄마는 그런 시선으로 세상을 보았다.

"하지만 저건 나쁜 짓이잖아! 저런 사람은 당해도 싸."

같이 뉴스를 보던 어느 날이었다. 수십억 사기를 치고 도망쳤던 사기꾼이 경찰 수사망이 좁혀 오자 목숨을 끊었다는 소식이 흘러

나왔다. 사기 친 돈은 이미 도박으로 모두 탕진한 뒤였다. 피해자 중에는 평생 모은 돈을 모두 날린 육십 대 여성도 있었는데 심지어 그녀는 이혼을 당하고 정신과 치료까지 받고 있다고 했다. 그녀는 사기꾼이 죽음으로써 피해를 보상받을 길이 사라졌다며 목놓아 울었다.

"완전 나쁜 놈이잖아. 죽을 거면 돈이나 갚고 죽지. 나쁜 놈!"

화가 치밀어 오른 나는 거친 말을 쏟아냈다. 하지만 엄마는 단호하게 말했다.

"그래도 그런 식으로 말하면 안 돼. 모든 죽음은 안타까운 거야."

엄마의 말을 이해할 수 없었다. 사기꾼은 수많은 사람에게 피해를 주고 책임지지 않았다. 죽음마저도 이기적인 선택이었다. 그런데 어떻게 저 사람의 죽음이 다른 사람들의 죽음과 같은 무게일 수 있을까.

"그래도 사람이라면 그렇게 생각해선 안 돼. 어떤 죽음도 가볍거나 무거울 수 없어."

"하지만 당한 사람들은? 저 사람들은 아무것도 모르는 상태에서 사기를 당했는데? 순식간에 소중한 것들을 잃었는데?"

"그 사람들을 생각하면 시이 마음이 어때?"

엄마의 물음이 낯설었다. 쉽사리 대답이 나오지 않아 한참을 생각했다. 이내 깊은 청록색이 떠올랐다. 가족여행에서 씨워킹을 하기 위해 바다로 들어갔을 때 보았던 깊은 청록색. 들어갈 때는 느끼지 못했는데 수면 밖으로 나오자 온몸이 너무 무거웠다. 수면 위에서 살아간다는 건 늘 이 무게를 견디는 일일까. 우리는 언제나 견디며 살아가야 할까. 아득한 물음이 생겼다. 살아가는 게 무엇인가, 하는.

"슬퍼."

"그럼 시이 마음은 슬픈 거네?"

"… 응."

엄마는 천천히 내 마음의 색을 들여다보았다. 삶의 무게를 처음 실감했던 날, 함께 보았던 깊은 청록색. 그리고 조심스레 입을 열었다.

"중요한 건 시이 마음이 슬프다는 거야. 누군가의 불행을 바라기보단 그 사람들과 함께 슬퍼하는 거. 그게 사람의 마음이야."

"화가 나는 마음은?"

"화가 날 수도 있지. 그런데 그 안에 있는 마음을 보는 게 더 중요하지 않을까?"

"그 안에 있는 마음?"

엄마는 가만히 고개를 끄덕였다.

"전에 엄마랑 시이랑 다퉜을 때 시이는 화가 났지?"

"… 응."

"엄마도 화가 났어. 그렇지만 시이가 상처받길 바라지 않았어."

"… 나도."

엄마가 나와 눈높이를 맞추기 위해 자세를 고쳐 앉았다. 키가 부쩍 크던 다른 친구들과 달리 나는 아직 엄마보다 키가 많이 작았다. 그런 나를 위해 엄마는 말할 때마다 일부러 눈높이를 맞춰주었다.

"그치? 그건 엄마도 시이도 서로 사랑하고 있으니까 그런 거야. 그런 마음으로 살아가면 돼. 때때로 그러기 힘든 날이 와도, 세상이 온통 미워도, 가장 깊은 곳에서 올라오는 마음을 들으면 돼. 그러면 언젠가는 가장 소중한 게 무엇인지 알게 될 거야."

부드럽게 웃던 엄마는 허리를 쭉 피며 기지개를 켰다. 평소보다 엄마의 키가 더 크게 느껴졌다. 나는 가만히 엄마를 올려다봤다. 어느새 곤두섰던 마음이 차분히 가라앉아 있었다. 엄마의 말을 모두 이해할 수는 없었지만, 지금 이대로도 괜찮다는 마음이 들던 때였다.

침대에 누워 엄마의 말을 떠올린다. 이제는 그 뜻을 조금 알 것 같다.

밉지만 상처받지 않기를 바라는 마음, 그게 사랑이야.

그러니까 사랑으로 살아.

하지만 사랑이 모든 걸 해결해 주진 않잖아. 사랑이란 거, 너무 고리타분한 말이잖아. 엄마가 가장 사랑한 건 나였잖아. 엄마에게 묻고 싶었다. 어째서 그때 나는 생각하지 않고 그 아이를 구하러 뛰어들었냐고.

'그 사람들을 생각하면 시이 마음이 어때?'

노란색 어린이 보호 구역을 천천히 걷던 엄마. 이상하게도 속도를 줄이지 않는 트럭과 사람들의 불안한 눈빛. 엄마의 손을 뿌리치고 앞서가는 아이. 그 뒤를 소리 지르며 쫓는 아이 엄마. 순간 인도를 침범하는 트럭.

'그 사람들을 생각하면 시이 마음이 어때?'

내 마음은, 온갖 것들을 돌아가며 미워하는 내 마음은.

'슬퍼.'

창가에 비친 그녀를 꼼꼼히 바라보던 그 순간에도 나는 슬퍼하고 있었다. 날선 말을 뱉을 때도 슬퍼하고 있었다. 청록색의 마음. 수면 위에서 내 몸을 이끌고 걸어간다는 게 얼마나 대단한 일인지. 슬픔을 안고도 살아간다는 게 얼마나 어려운 일인지. 나는 계속 생각하고 있었다.

엄마가 지금 그녀를 마주한다면 뭐라고 말했을까. 미워했을까?

원망했을까? 아니, 사람은 그럴 순 없는 거라고 말했겠지. 상관없다고. 괜찮다고. 다정한 목소리로 사람은 슬픔 속에서도 어떻게든 살아가는 존재라고 말해 주겠지.

하지만 분명한 사실은 더 이상 엄마 목소리를 들을 수 없다는 것이다. 그렇기에, 내 마음속 미움을 멈출 수 없었다.

#헤이즐넛_향기

시간이 흘러도 잊을 수 없는 향기가 있다. 처음 그 향을 만났을 때를 떠올리면 오래된 난로에 그을린 의자의 까슬함이 느껴진다. 그때 엄마가 어떤 표정을 짓고 있었는지는 기억나지 않는다. 달콤하고 고소한 향기가 사방에 가득했고, 나는 그 향에 정신을 빼앗겼다. 초콜릿을 향으로 삼키는 그런 느낌 같았다.

엄마가 마시는 그것을 자꾸 달라고 보챘다. 아주 달콤하고 부드러운 맛일 것 같았다. 엄마는 난감해하면서도 딱 한 모금만 맛을 보라며 머그컵을 건넸다. 나는 아주 천천히 향을 음미하며 그것을 입에 담았다. 맛은 예상과 달랐다. 첫입부터 쌉쌀한 맛이 입안을 가득 채웠다. 그러나 끝에 올라오는 단맛은 이상할 정도로 감미로웠다. 어떻게 이토록 다른 맛이 함께일 수 있을까? 엄마가 재미있다는 듯 머그컵을 가져가며 말했다.

"헤이즐넛 커피야."

"커피?"

"커피콩을 따서 말리고 볶은 다음에 갈아. 거기에 뜨거운 물을 부어서 차처럼 우려내는 거야. 그리고 헤이즐넛 시럽을 넣는 거지."

"헤이즐넛이 뭔데?"

"단단한 견과류야. 땅콩이나 아몬드 같은."

이후 진짜 헤이즐넛을 맛본 적이 있다. 입이 아릴 정도로 달달할 줄 알았던 헤이즐넛은 그저 담백했다. 씹을수록 고소한 맛이 올라왔지만 서걱서걱한 식감이 마음에 들지 않았다. 이런 열매가 그렇게 달콤한 향을 낼 수 있다니, 믿어지지 않았다.

"헤이즐넛이야."

그녀가 나지막한 목소리로 말했다. 내 마음을 알고 있다는 듯 그녀는 컵에 커피를 담아 태연스럽게 내밀었다. 무시하고 싶었지만 달콤한 향에 자꾸만 눈길이 갔다. 결국, 못 이기는 척 컵을 받았다. 조심스럽게 입을 대자 쌉쌀한 첫맛과 함께 달콤하고 부드러운 맛이 감돌았다.

내가 컵을 돌려주자 그녀가 빈 잔을 빤히 바라봤다. 그러고는 수줍게 말했다.

"학교 끝나면 커피숍으로 출근해. 그 커피숍 사장님이 아침마다 공부 열심히 하라고 커피를 챙겨 주셔."

"......"

"저기 버스 정류장 지나 학원가 사거리에 있어. 커피도 직접 볶아."

"......"

"사장님이 정말 친절하셔. 나도 커피 볶는 걸 배우고 있어."

그녀는 내가 궁금해하지도 않는 것들을 혼잣말처럼 꺼냈다. 원두 볶는 과정을 책에서 본 적이 있었다. 볶기 전에 초록색 원두에서 벌레 먹은 것이나 상한 것을 하나하나 손으로 걸러내고 로스팅 기계에 넣는다. 볶는 정도에 따라 맛이 달라지는데 캐러멜색이 은은할 땐 신맛이, 검은색에 가까우면 고소한 맛과 쓴맛이 올라온다고 했다. 이건 얼마나 볶은 원두일까. 그녀는 내가 딴생각을 하는 동안에도 조잘조잘 말을 늘어놓았다.

"네가 원하면 편하게 놀러 와도 돼. 난 어차피 매일 거기에 있으니까."

"뭐야? 너 알바해?"

낭랑한 목소리로 대답한 건 앞자리에 앉은 김여름이었다. 김여름은 얼마 전 내게 말을 걸었던 나솜이와 노하은의 무리 중 한 명이었다. 여름이는 아예 의자를 반쯤 돌려 앉고는 그녀에게 질문을 쏟아냈다.

"진짜 카페에서 알바해?"

"응. 학교 끝나고 잠깐……."

"와, 대단하네. 우리 엄마는 아무리 말해도 허락 안 해 주던데. 너네 엄마 진짜 멋있다."

"……."

그녀는 난처한 듯 입을 다물었다. 스물다섯 살 된 그녀에게 허락은 필요 없었다. 하지만 그녀도 나도 굳이 그 얘기를 꺼내지 않았다. 김여름은 호들갑을 떨며 다른 애들을 불렀다.

"얘는 솜이고, 나는 여름. 이따 매점 같이 갈래?"

"……."

"솜! 얘 카페에서 알바한대!"

"진짜?"

"우리 다음에 놀러 가도 되지?"

"……."

"야! 안명우! 너도 같이 갈래?"

귀 끝까지 붉게 달아오른 그녀가 어쩔 줄 모르겠다는 표정으로 아이들을 번갈아 보았다. 어느새 반 친구들 모두가 호기심 어린 눈으로 그녀를 쳐다보고 있었다. 개중에는 내게 재수 없다고 말했던 노하은도 있었다.

수업 종이 울리고 나서야 애들은 자리로 돌아갔다. 그리고 다음 쉬는 시간에 그녀는 아이들의 손에 이끌려 매점으로 향했다. 나는 그 모습을 애써 못 본 체하며 태블릿을 꺼내고 다음 수업 준비를 했다. 빈 옆자리로 시선이 향하자 그녀의 모든 행동이 한낱 동정처럼 느껴졌다. 처음 인사를 건넸던 것도, 자꾸만 내게 말을 거는 것도 그저 동정에 불과하다고. 튀어 오르는 미움은 그녀와 반 애들을 지나 다시 엄마에게 닿았다. 순간, 비참함이 올라왔다.

┼

"대학에 가고 싶지 않아."

어렵게 용기를 낸 한 말이었다. 이 말을 꺼내기 위해 몇 날 며칠을 고민했다. 어떤 대답이 나올까? 화를 내지는 않을까? 차라리 말하지 말자고 생각했던 적도 있었다. 하지만 솔직하고 싶었다. 어떻게든 내 마음을 엄마에게 말해야 한다고 마음을 다잡았다.

"그래?"

엄마는 별다른 반응을 보이지 않았다. 퇴근이 늦어지는 아빠 몰래 치킨을 시켜 먹자며 배달 주문을 한 직후였다. 아빠라면 무조건 대학은 가야 한다고 말할 것 같아 엄마와 단둘이 있을 기회를 엿보던 게 그날이었다.

"학교도 그만두고 싶어."

엄마의 시선이 내게로 향했다. 여전히 부드러운 미소를 띠고 있었지만 자연스럽지 않았다. 나는 재빨리 덧붙였다.

"학교에서 따돌림당하거나 그런 건 아냐. 중학교는 졸업할게. 대신 고등학교에 가면 내가 하고 싶은 걸 하고 싶어."

"어떤 게 그렇게 하고 싶어?

"… 실은 아직 모르겠어."

엄마의 목소리는 차분했다. 다른 속마음은 섞여 있지 않았다. 만약 다른 마음이 있었다면 금방 눈치챌 수 있었다. 엄마는 늘 투명하고 마음이 잘 보이는 사람이었으니까. 다만 엄마니까 꼭 알아야 한다는 듯, 단호함이 느껴졌다.

"뭘 하고 싶은지 모르지만 학교는 아닌 것 같고?"

"… 응. 그냥 내가 뭘 좋아하는지, 뭘 하고 싶은지 알아 가 보고 싶어. 이것저것 다 해 보고 난 뒤에 정말 공부하고 싶은 게 생기면 그때 대학도 가고 싶어. 검정고시는 볼 거야. 친구들이랑 못 지내서 그런 건 정말 아니야. 같은 반 친구인 예슬이 알지? 걔네 오빠도 학교 그만두고 아르바이트하면서 가게 오픈 준비 중이래. 요즘엔 일찍 기술 배우는 애들도 많고… 학교에서 보내는 시간이 너무 아까워. 그냥 앉아서 딴생각하면서 흘려보내는 거잖아. 나는 그냥……."

공기가 무겁게 내려앉았다. 엄마의 미간에 살짝 주름이 잡혔다. 그 주름이 무슨 의미인지 한참을 살폈다. 별다른 대답 없이 정적이 흘렀다. 그때 벨소리가 들렸다.

"치킨 왔나 보다."

엄마가 밝은 표정으로 말했다. 언제 무슨 일이 있었냐는 듯한 표정이었다. 덩달아 내 마음도 조금은 편해졌다. 최소한 잔뜩 화를 내지도, 단호하게 안 된다고 말하지도 않았으니까. 마음의 짐을 덜어서일까. 입맛도 돌았다. 엄마와 나는 재빨리 치킨무 포장을 뜯고, 앞접시와 비닐장갑을 준비했다. 엄마가 치킨 다리 하나를 내게 건네며 말했다.

"엄마는 시이가 평범하게 살길 바라기도 해."

"……."

"그런데 시이는 특별하다는 걸, 엄마도 알아."

"… 엄마."

"하고 싶은 걸 해. 대신 최선을 다해야 해. 하는 일에 책임도 질 줄 알아야 해. 나중에 후회하지 않게. 그렇게만 살면 돼. 그게 잘 사는 거니까. 우리 딸, 정말 후회하지 않을 자신 있어?"

나는 손에 들린 치킨을 내려놓을 새도 없이 대답했다.

"응! 나 진짜 열심히 할 거야! 하고 싶은 게 뭔지 고민도 많이 하고, 이것저것 도전도 할게. 진짜 학교 다니는 것보다 더 열심히 할게."

"그럼 됐어. 아빠한테 어떻게 얘기할지 엄마랑 같이 차근차근 생각해 보자."

"고마워! 엄마!"

"엄마가 약속할게. 시이는 뭘 하든 멋진 사람이 될 거야. 하지만 너무 서두르지는 말자. 알았지?"

기름 낀 비닐장갑을 벗지도 않은 채 엄마를 꽉 껴안았다. 키가 조금 큰 덕분일까. 엄마가 아니라 오래 알고 지낸 친구를 안는 기분이 들었다. 엄마도 비닐장갑을 낀 채 나를 꼭 안아 주었다. 엄마가 있다는 게 이렇게 든든한 건지 처음 알았다. 내가 존재하던 그 순간부터 엄마는 늘 함께였는데도.

┼

"왜 카페에 들르지 않았어?"

그녀가 식판을 내 앞에 놓으며 물었다. 밥을 빨리 먹은 애들이 모두 매점으로 달려가고 난 뒤의 급식실에는 나처럼 혼자 앉은 애들만 몇몇 띄엄띄엄 앉아 있었다. 그녀가 반찬을 집어 들며 다시 말했다.

"나는 기다렸는데……."

"내가 간다고 한 적 있어요?"

"……."

"일부러 나 이용해서 애들한테 관심받은 건 아니고요?"

"아니야. 그리고 말 편하게 하겠다고 했잖아."

작은 입에 반찬을 넣고 오물거리는 모습이 천연덕스러워 보기 싫었다. 앳된 목소리에 차분한 말투는 신경을 긁었다. 분명 '은지'라고 말하기로 했지만 쉽게 입에 붙지 않았다. 하지만 상처 주고자하는 마음에 말을 낮췄다.

"나 이용해서 애들 관심받으니까 좋아?"

"… 그런 거 아냐."

"거짓말. 그리고 내가 간다고 한 적도 없는데 왜 기다려? 그냥 애들이랑 동갑인 척하면서 어울리지."

그녀의 젓가락질이 멈추었다.

"앞으로는 나한테 관심 가지지 마. 부담스러우니까."

젓가락은 여전히 움직이지 않았다. 고개를 숙이고 있었지만, 언뜻 본 그녀의 코끝은 붉게 물들어 있었다. 그녀가 떨리는 목소리로 말했다.

"불편했다면 미안해…."

사실 그녀에 대한 아이들의 관심은 오래가지 않았다. 수동적인 그녀의 태도에 아이들의 관심은 금세 다른 곳으로 옮겨 갔고, 그녀는 어울리는 듯 아닌 듯 무리의 가장자리에 애매하게 끼어 있었다. 그러니까 애들이 어디 갈 때 사람 수가 맞지 않으면 그녀를 찾는다는 사실을 그녀도 나도 알고 있었다.

경계에 낀 그녀. 학생도 아니고, 어른도 아니고,
엄마이면서도 엄마가 아닌…….

그러나 그녀를 더 아프게 만들고 싶었다. 상처 주고 상처 줘서, 내 삶에서 없어지길 바랐다.

"나는 그냥 네가 한 번 들러서……."

"먼저 일어날게."

아직 밥이 남아 있었지만 더 먹고 싶지 않았다. 날 선 말을 내뱉었기 때문일까. 목이 따끔했다. 상처를 준 건 난데 오히려 상처가 난 느낌이 들었다. 미움이란 이상했다. 누군가를 미워하면 할수록 내 마음이 더 아팠다. 하지만 미워하지 않고는 버틸 수가 없었다. 식판에 남은 밥을 버리면서 더욱 철저하게 그녀를 미워하고 무시하자고 다짐했다. 그녀와 엮여서 좋은 일 따위 하나도 없다면서.

땡동. 벨소리가 울렸다. 거실에 있던 아빠가 날쌔게 일어나 현관 문을 열었다. 문 사이로 헬멧을 쓴 배달원이 보였다. 문을 닫고 돌아서는 아빠의 손에는 치킨 박스가 들려 있었다.

"시이는 다리 좋아하지?"

아빠가 앞접시에 다리를 놓아 주었다. 그러면서도 시선은 텔레비전을 향하고 있었다. 엄마랑 치킨을 먹을 땐 한 마리를 다 먹을 때까지 수다 떨기 바빴는데, 아빠는 텔레비전만 보았다. 텔레비전에서는 아빠가 응원하는 야구팀의 공격이 진행되고 있었다. 퇴근 시간이 일정하지 않은 아빠는 경기를 제때 챙겨 보지 못하는 날이 많아 일찍 퇴근하는 날이면 항상 저녁에 반반 치킨을 시켜 놓고 야구를 보곤 했다.

"예슬이 오빠도 배달한댔는데."

"그래? 열심이네."

"돈 모아서 식당을 열 거래. 그래서 고등학교도 그만뒀어."

"목표가 확실하면 그럴 수 있지."

아빠는 무심하게 대답했다. 시선은 텔레비전에서 벗어나지 않았다. 하고 싶은 말을 숨기며 눈치를 봐도 아빠의 뒤통수만 보일 뿐이었다. 문득 정수리 부근에 하얗게 올라온 흰머리가 눈에 띄었다.

"염색 좀 해야겠다."

"그런가?"

아빠가 머리를 쓸어올렸다. 손가락 사이로 얇은 머리카락이 스르르 빠져나갔다.

"아빠는 내가 뭘 했으면 좋겠어?"

투 스트라이크 쓰리 볼. 아빠는 잠시 말이 없었다. 한참 긴장감이 고조된 야구에 푹 빠져든 듯했다.

"좋은 대학 가서 취직하고, 좋은 사람 만나서 행복하게 살면 좋지."

"그런 거 말고 내가 어떤 사람이 되었으면 좋겠냐고."

"자기 일 열심히 하고 책임질 줄 아는 그런 사람이면 좋지."

"책임질 줄 알면 뭐든 상관없어?"

가슴이 조마조마했다. 그러나 아빠는 내 속을 짐작도 못하는 듯 당연하다는 투로 답했다.

"대학부터 가고, 성인이 된 이후엔 그렇지."

"……"

텔레비전 속 타자는 허탈한 표정을 지으며 돌아섰다. 플라이 아웃이었다. 아빠는 말하는 내내 단 한 번도 뒤를 돌아보지 않았다. 내내 아빠의 뒤통수가 대답을 대신한 기분이었다. 엄마는 약속을 지키지 못했다. 아빠에게 말을 꺼내기도 전에 세상을 떠나버렸으니까. 지금 엄마가 있었다면 아빠에게 뭐라고 말했을까. 엄마는 어디에 앉아 있었을까.

거실을 둘러봤다. 식탁도, 엄마가 항상 앉아 있던 소파도 그대로인데 엄마는 없었다. 괜찮냐는 물음도, 다정하게 부르던 목소리도 모두 사라졌다. 텔레비전에서 웃음소리가 흘러나왔다. 괜히 울지 말자며 마음을 다독였다. 그러나 곧, 슬픔이 바람처럼 새어 나갔다. 빈자리가 가득한 집에 더는 머무를 수 없었다. 그대로 자리에서 일어나 외투를 들고 현관으로 향했다.

"어디 가? 이 시간에."

그제야 아빠가 나를 쳐다봤다. 나는 발을 억지로 신발에 끼워넣으며 소리쳤다.

"대학 가면 뭐 해! 아빠는 내가 뭘 하고 싶은지 관심도 없잖아!"

"… 뭐?"

"엄마는… 엄마는 그렇게 말하지 않았어."

"윤시이."

"최소한 내 눈이라도 보고 말했다고."

뒤돌아 아빠를 보았을 때 눈물이 툭 떨어졌다. 겨우 마주친 두 눈에 담긴 아빠 표정은 당혹스러워 보였다. 아빠는 어떤 말로도 날 잡지 않았다. 쾅! 현관문 닫히는 소리가 아파트 복도에 요란하게 울렸다. 차라리 소리를 지르며 같이 싸웠다면 마음에 담았던 말을 다 쏟아냈을 텐데. 그 순간까지도 나는 나를 붙잡지 않는 아빠를 원망하고 또 원망했다.

"엄마가 약속할게.
시이는 뭘 하든 멋진 사람이 될 거야."

엄마는 어떻게 조금의 의심도 없이 나를 믿을 수 있었던 걸까. 엄마와 함께 내 일부가 죽어 버린 기분이었다. 어느덧 바깥에는 짙은 어둠이 깔려 있었다.

╶┼╴

돌아가야 할 곳은 정해져 있으나 돌아가고 싶지 않았다. 한참을 발길이 이끄는 대로 걸었다. 어디든 집에서 멀리 떨어지고 싶었다. 탁, 탁. 신발이 바닥을 세게 디뎠다. 그러다 고개를 들어 보니 고작 등굣길 버스 노선이었다.

'왜 카페에 들르지 않았어?'

문득 그녀의 말이 떠올랐다. 그녀는 도보로 40분이나 되는 거리를 매일 걸어서 등교한다고 했다. 등교할 때 일하는 카페를 꼭 지나게 되는데, 사장님이 일부러 기다렸다 커피를 담아 준다고 했다. 카페 이름은 단순했다. 카페 쉼표. 내가 듣건 말건 그녀가 신경 쓰지 않고 했던 말들이었다.

초저녁을 밝히는 가로등과 고급 아파트 단지. 상가 아래 즐비한 식당과 여러 간판. 그리고 사거리 건너편, 그녀가 말한 카페가 보였다. 혹시 그녀가 있을까 싶어 횡단보도 앞쪽으로 다가가자 때마침 신호가 바뀌었다. 길을 건너는 사람들에게 끌려가듯 카페 쪽으로 향했다. 가까이서 보니 큰 통창 안으로 앞치마를 질끈 묶고 설거지를 하는 그녀의 뒷모습이 보였다. 학교에서 보았던 연분홍색 텀블러가 카운터 한구석에 놓여 있었다.

하지만 들어갈 생각은 없었다. 그녀에게 딱히 할 말도, 그녀를 보고 싶은 마음도 없었다. 오히려 관심 갖지 말라고, 부담스럽다고 말한 게 불과 며칠 전의 일이었다. 그저 돌아다니다 보니 어쩌다 이 앞을 지나가게 됐을 뿐이었다. 발걸음을 돌리려는데 바로 뒤에 희끗한 단발머리의 중년 여성이 서 있었다. 나는 깜짝 놀라 고개를 숙였다. 아무 무늬 없는, 그래서 더 멋스럽게 보이는 갈색 단화가 눈에 들어왔다.

"아! 죄송해요."

"들어와도 돼요."

"네?"

"주문 안 해도 되니까 잠깐 앉아 있다가 가요. 내가 사장이라 아무도 뭐라 안 해요."

흰 셔츠에 패브릭 앞치마를 두른 사장님이 내 쪽을 향해 미소지었다. 눈가에 살짝 패인 주름이 온화한 느낌을 주었다. 그 주름에서 사장님이 살아온 삶이 보이는 듯했다. 누구든 가리지 않고 웃음을 보여 줄 줄 아는 그런 삶. 당혹스러운 마음에 뒷걸음질을 치는데 사장님이 서슴없이 문을 열었다. 동시에 짤랑거리며 풍경이 울었다.

"어서 오세요."

인기척에 그녀가 수건으로 손을 닦으며 뒤돌아섰다.

"어? 시이야."

놀란 목소리였지만, 눈빛에는 반가움이 묻어났다. 사장님은 문 앞에 서 있는 나와 카페 안에 있는 그녀를 번갈아 보다 물었다.

"어머, 은지랑 아는 사이야?"

"같은 반 친구예요."

"아, 은지 친구였구나. 어쩐지 앞에서 기다리는 것 같더라니. 역시 들어오라고 하길 잘했네. 반갑다. 잘 왔어."

"아, 네……."

사장님은 기쁘다는 듯 손뼉을 쳤다. 예상하지 못한 상황에 귀끝까지 후끈거림이 올라왔다. 그녀의 얼굴을 제대로 보기도 민망해 고개를 푹 숙였다. 그런 나를 사장님이 카운터 앞에 있는 자리로 안내했다.

"같은 반이면 열일곱 살?"

"… 네."

"은지가 학교에서 친구도 사귀고 다행이네. 은지가 다시 공부하겠다고 했을 때 기특하면서도 얼마나 걱정이 되던지 밤에 잠이 안 올 정도였어요."

"……."

"내가 쟤 마음을 어떻게 다 알겠어? 아무튼 은지 잘 부탁해요."

"아, 네……."

사장님은 혹시 누가 들으면 어쩌나 하는 식으로 목소리를 낮췄다. 그녀에게 있었던 일을 어느 정도 알고 있는 눈치였다. 그녀는 마치 아무것도 듣지 못했다는 듯 테이블을 닦았다. 사장님은 그런 그녀에게 활기찬 목소리로 말했다.

"은지야, 손님 왔으니 주문받아야지. 이건 내가 사는 거니까 돈 받지 말고. 알았지?"

"네."

"시이라고 했나? 은지 친구도 편하게 주문하고 마셔요. 앞으로도 자주 놀러 오고."

사장님은 능청스러운 웃음을 지으며 앞치마를 벗고 아이보리색 코트로 갈아입었다. 한 사람 정도는 꼭 안겨도 될 만큼 품이 넉넉한 코트였다.

"그럼 은지야, 오늘도 잘 부탁해."

사장님이 나서며 그녀의 등을 토닥였다. 그녀가 옅은 미소로 사장님을 배웅했다. 학교에서는 본 적이 없는 편안한 얼굴이었다. 저런 표정도 지을 줄 아는구나. 신기한 마음에 그녀에게서 눈을 뗄 수 없었다. 통창 너머로 사장님의 뒷모습이 멀어지자 그녀가 내 쪽으로 몸을 돌렸다. 그러고는 다시 테이블을 닦으며 말했다.

"좋은 분이지?"

"그런 것 같네."

"늘 가족처럼 친근하게 대해 주셔. 그래서 어떨 때는 일하는 곳이 아니라 쉬어 가는 집처럼 느껴지기도 해."

집처럼 쉬어 가는 곳. 가족이 있는 곳. 엄마도 그랬다. 집은 편안해야 한다고. 하루 종일 고생하고 돌아오는 곳인 만큼 집은 편안해야 한다고. 안 좋은 일이나 기분은 모두 밖에다 버리고 돌아오는 곳이 집이라고. 공간이 편안하면 자연스레 사람을 끌어당기게 된다고. 그런데 지금 우리 집은 편안하지가 않다. 엄마가 없어서일까. 어쩌면 엄마가 나한테 집 자체가 아니었을까.

"그래서 카페 이름도 '쉼표'로 지었대. 쉼이 필요한 사람들이 찾아오라고. 어쩌면 나도 그 사람들 중 하나일 수 있고."

"……."

"뭐 마실래?"

메뉴판을 빤히 바라보다 답했다.

"헤이즐넛 라테. 따뜻하게."

"금방 만들어 줄게."

볶은 커피콩이 갈리는 소리와 은은하게 퍼지는 커피 향. 에스프레소가 추출될 때 나는 기계의 낮은 소음. 따뜻하게 데워진 우유가 거품을 내며 부드럽게 섞이는 소리. 이윽고 쉼표 안에 서서히 달큰하고 고소한 헤이즐넛 향기가 퍼져나갔다.

그녀가 머그잔을 건네며 말했다.

"주문하신 헤이즐넛 라테 나왔습니다."

머그컵 위에는 하트 모양을 한 어설픈 라테아트가 그려져 있었다. 한 모금, 커피를 삼켰다. 쓰지만 부드러운 맛이 혀끝에서부터 가만히 퍼져 나갔다. 다시 한 모금, 고소한 우유의 맛이 입안을 가득 채웠다. 그리고 한 모금 더, 비로소 헤이즐넛의 고소한 향이 몸속 깊은 곳으로 스며드는 게 느껴졌다.

"잘 왔어. 시이야."

"……."

내가 무슨 말인가 하려던 그 순간, 짤랑, 풍경이 울렸다.

"어서 오세요."

손님을 맞기 위해 카운터로 돌아가는 그녀의 뒷모습을 나는 눈으로 말없이 한참 뒤쫓았다.

#다르게_기억될_날

그녀와 가까워지고 싶은 마음은 없었다. 학교에서 그녀는 가끔 김여름과 노하은에게 끌려 매점에 갔지만, 먼저 다가가서 어울리는 법은 없었다. 매점에 다녀와도 그녀는 늘 빈손이었다. 한눈에 봐도 필요할 때만 찾는 게 보였지만, 그녀는 신경 쓰지 않는 눈치였다. 나는 그런 그녀가 바보같이 느껴졌다.

제각각의 무리가 형성된 학기 초. 그녀가 물 위에 떨어진 기름 한 방울이라면, 나는 물 아래 가라앉은 조약돌 같은 존재였다. 최대한 멀리 통통 튀어 나가 아무도 모르게 물속 깊은 곳으로 가라앉는. 심지어 바닥에 수많은 조약돌이 있어서 결코 눈에 띄지 않는 그런 존재. 그나마 내게 관심을 가지는 사람은 그녀와 솜이 정도였다. 놀리는 건지, 정말 친해지고 싶어서 그러는 건지 솜이는 가끔 내 책상 위에 먹을거리를 올려놓았다. 하지만 관심은 거기까지였다. 서운하진 않았다. 나 역시 누구와도 친해지고 싶은 생각이 없었으니까.

그러나 뒤늦게 알았다. 마음의 문은 삐그덕거리는 철문 같다는 걸. 닫힐 때는 천둥 같은 소리를 내면서 살랑이는 바람에는 스리슬쩍 열려 버리는.

┽

"내일 학교 끝나고 아빠랑 외식할까?"

오늘은 중국 음식이었다. 저녁 시간을 훌쩍 넘겨 퇴근한 아빠는 퇴근하기 전에 미리 배달 음식을 시켜 두었다. 요리는 조금씩 하다 보면 실력이 는다고 말하면서도 좀처럼 주방에 들어가는 일은 없었다.

"기와네 갈빗집 알지? 거기서 다섯 시에 볼까?"

내가 아무 말 없자 아빠가 다시 확인하듯 물었다. 기와네 갈빗집은 엄마랑 셋이 자주 갔던 음식점이었다. 특별한 날마다 늘 가던 그 집은 오래되었지만 깔끔하고 맛도 좋아서 가족 단위 모임이 많기로 동네에서 유명했다.

"일은? 오늘도 늦게 퇴근했잖아."

"내일은 반차 쓰겠다고 회사에 얘기해 놨어. 시이는 그런 걱정 안 해도 돼."

'그런 걱정? 무슨 걱정? 아빠도 힘들잖아. 매일 새벽에 나가고 저녁 먹고 나면 쓰러져 자기 일쑤잖아. 나랑 둘이 사는 거 힘들잖아. 내가 모를 것 같아? 그리고 엄마가 살아 있을 땐 이렇게 다정하게 굴지도 않았잖아.'

차마 입 밖으로 꺼내지 못한 가시 같은 말들이 몸 여기저기를 아프게 찔렀다. 젓가락질이 어려울 정도로 손가락 마디가 아파 왔다. 아빠의 다정한 모습을 볼 때마다 왜 이렇게 화가 나는 걸까. 내가 화를 내고 나갔다 돌아온 날에도 아빠는 나를 혼내지 않았다. 걱정되니까 너무 늦게 다니지 마,라며 표정을 숨기고 짧게 말했다. 그 모습이 더 보기 싫었다. 차라리 어떤 마음이냐고, 왜 그렇게 화가 나 있는 거냐고 물어보길 바랐다. 늘 내 마음을 물어 주고 알아 주던 엄마처럼.

"왜? 싫어?"

아빠가 내 표정을 살폈다. 끝이 살짝 내려간 눈썹 사이에서 불안이 느껴졌다. 울컥 올라오는 말을 꾹 눌렀다. 아빠도 노력하고 있다는 걸 안다. 최선을 다한다는 걸, 내게 잘해 주려 한다는 걸. 그런 아빠의 마음을 산산조각내기에는 너무 많은 걸 알고 있는 기분이었다.

"아니야. 좋아. 대신 내일 늦지 마. 음식점 앞에서 혼자 기다리긴 싫어."

"아빠 안 늦을게. 진짜 안 늦을게."

"약속."

새끼손가락을 내밀자 아빠는 그제야 웃으며 새끼손가락을 걸었다. 세 번을 흔든 뒤 우리는 다시 젓가락을 들고 불어 가는 자장면을 먹었다.

'엄마…….'

마음속으로 엄마를 불렀다. 항상 내 편이었던 엄마. 아빠는 훌쩍 큰 딸을 어떻게 대해야 할지 모르는 눈치였고, 엄마는 그런 아빠에게 짓궂은 장난을 치며 벽을 허물었다. 엄마와 내가 한 팀이 되어 아빠를 놀릴 때면 우리 집은 비로소 하나가 된 기분이었다. 엄마는 나와 아빠의 마음을 이어 주는 다리였다.

방으로 돌아와 핸드폰에 저장된 엄마의 사진을 꺼내 보았다. 엄마의 영정 사진도 내가 찍은 사진 중에서 골랐었다. 아빠는 먹먹한 목소리로 내게 엄마 사진이 있느냐고 물었다. 영정으로 고른 사진은 지난 엄마 생일 때 찍은 것이었다. 그날 엄마는 내가 선물한 귀여운 키링을 손에 들고 큰 함박웃음을 지었다. 나는 그 모습을 연신 찍어 대며 "예쁘다! 강여사! 여기 봐!" 하고 외쳤다. 그 덕에 웃는 사진 몇 장이 자연스럽게 나왔다.

엄마가 없어서 마음이 아프다는 건 엄마한테 어떻게 얘기해?

그 기뻤던 날의 흔적이 가장 슬픈 날을 기념하는 사진이 되었다. 영정 앞에 선 아빠의 뒷모습을 보며 가족의 마음을 잇던 다리가 무너져 내렸음을 직감했는지도 모르겠다.

÷

학기가 시작되고 한 달 정도 지나자 서서히 자리가 익숙해졌다. 더 이상 등굣길이 어색하지 않고 교문을 들어설 때도 긴장되지 않았다. 그녀가 옆자리라는 사실도 조금 익숙해졌고, 그녀 또한 이것저것 물어보는 일이 적었다. 다만 그날 이후, 학교가 끝나면 약속이라도 한 듯 아무 말 없이 조금 떨어져 각자 카페로 향했다. 사장님은 늘 밝은 모습으로 맞이해 주었고, 그 안에서 나는 편안함을 느꼈다.

하지만 그녀와 내가 친해졌다고는 말하기는 어려웠다. 그녀는 일을 하기 위해, 나는 숙제를 하거나 공부를 하는 등 내 나름의 일상을 보내기 위해 카페에 갈 뿐이었다. 카페에는 나 말고도 시간을 때우기 위해 온 손님이 많아서 그녀도 내게 신경 쓸 여력이 없었다. 한 공간 안에 있을 뿐, 우리의 하루는 다르게 흘렀다.

날이 풀리면서 교복 셔츠보다는 생활복을 입는 날이 많아졌다. 내가 직접 단 헐거운 단추를 구멍에 집어넣는 일도 그만큼 줄어들었다. 나른한 봄기운을 느끼면서 그녀와 나는 마주 앉아 점심밥을 먹었다. 정확히 말하면 그녀가 나를 따라와 뒤에서 식판을 받고, 매일 앉는 자리에 앉아 밥을 먹는 것이었다. 따로 대화를 나누는 일은 없었다. 그냥 같이 움직이고, 같이 먹고, 같이 일어설 뿐.

"……."

반복되는 날 중 하나였다. 시선이 느껴져 고개를 드니 난감해하는 그녀가 보였다. 그녀는 밥을 먹으며 나와 속도를 맞추곤 했는데, 오늘은 속도 조절에 실패한 모양이었다. 기다려야 하나, 일어나야 하나, 이러지도 저러지도 못하는 그녀에게 내가 말했다.

"먼저 올라가도 돼."

그녀는 무엇이 마음에 쓰였을까. 어정쩡하게 자리를 지키던 그녀는 결국 먼저 일어났다. 넓은 식당 안. 수많은 빈자리 중 내 앞자리도 텅 비었다. 신경 쓰지 않는다고 생각했는데, 빈자리가 크게 느껴졌다. 괜스레 비어 버린 집이, 놓지 못한 수저 한 벌이 떠올랐다. 그리고 실감 났다. 앞으로 쭉, 빈자리는 채워질 수 없다는 걸.

식판을 반납하고 나오는 길, 급식실 앞에 그녀가 서 있었다. 그녀의 손에 초코우유가 들려 있었다. 그녀가 내게 초코우유를 내밀었다.

"이거 먹어."

"뭐야?"

"먼저 일어난 김에 매점 다녀왔어."

냉장고에서 꺼낸 지 얼마 되지 않은 초코우유에는 찬 기운이 남아 있었다. 복도를 걸으며 우유팩에 빨대를 꽂았다. 초코우유의 단맛에 혀끝이 아렸다. 하지만 기분이 좋기는커녕 화가 났다. 그녀의 작은 행동 하나하나가 신경 쓰였고, 빈자리를 떠올리게 했으니까.

"기다리지 말고, 이런 것도 사 오지 마."

"왜?"

다시 손가락 마디에 통증이 올라왔다. 바늘에 찔리듯 따끔거리는 느낌. 내게 잘해 주려고 노력하는 그녀의 모습에 아빠가 떠올랐다. 어떻게 해야 할지 모르는 아빠. 서투르게 노력하는 아빠. 아빠에게 차마 할 수 없는 말이 그녀에게 튀어 나갔다. 마치 가장 약한 사람이 나타나기만을 기다렸다는 듯.

"네가 생각한 만큼 나 그렇게 불쌍하지 않아. 이렇게 챙겨 줄 필요 없어."

"……."

그녀가 걸음을 멈췄다. 나는 모른 척 앞서 걸었다. 뒤따라오는 발걸음 소리는 들리지 않았고 입안에는 여전히 초코우유의 단맛이 맴돌고 있었다. 뒤돌아보지 마. 마음 약해지지 마. 그러나 여전히 손에는 그녀가 준 초코우유가 들려 있었다. 결국, 뒤돌아 그녀를 봤다.

그녀는 금방이라도 주저앉을 듯 위태롭게 서 있었다. 수많은 감정이 소용돌이치는 듯 눈동자는 내 발끝을 응시하고 있었다.

"불쌍해서 그런 거 아냐."

단단한 어조. 그녀는 힘을 쥐어짜듯 말했다.

"한 번도 시이를 불쌍하다 생각한 적 없어."

창가로 들어온 봄빛이 그녀의 눈가에 반짝 맺혔다. 하얀 피부와 차분한 머릿결, 잘 다려진 셔츠와 제자리에 채워진 단추만 보면 그녀는 고생을 겪어 본 적 없는 열일곱처럼 보였다.

"그냥 날 불쌍하게 생각하면 안 될까?"

"뭐?"

"나… 이제 아무도 없어…. 중학교 때 엄마 돌아가시고, 아버진 죽었는지 살았는지도 몰라. 유일하게 있는 가족이라곤 윤월이 뿐이었어. 그냥… 난……."

"……."

"그러니까, 그냥 날 불쌍하게 생각하면 안 될까?"

결국 복도에 눈물 두 방울이 떨어졌다. 처마 끝에서 버티고 버티다 떨어져 내린 물방울 같았다. 그녀의 눈물도, 내가 한 말도 주워 담을 수 없었다. 대신 그녀에게 다가가 어깨를 살짝 보듬었다. 다른 한 손으로는 그녀의 눈앞에 그늘을 만들어 주었다. 다른 아이들이 그녀가 우는 모습을 보지 못하게. 한 걸음, 한 걸음, 교실 앞에 도착했을 때 그녀는 교복 셔츠로 눈물 자국을 닦아냈다. 눈가가 살짝 붉었지만, 운 사람 같지는 않았다.

"들어가자."

자리에 앉은 뒤 시선을 어디에 둬야 할지 몰라 괜히 창밖만 봤다. 점심시간이 끝날 때가 되자 운동장에서 놀던 남자아이들이 썰물처럼 빠져나갔다. 큰 운동장이 순식간에 텅 비었다. 교문 밖을 오가는 사람들은 제각기 다양한 색깔의 겉옷을 걸친 채 느릿느릿 걸음을 옮겼다. 정류장에 초록색 버스가 멈춰 섰다. 앞문으로 서너 명이 타고, 뒷문으로 두세 명이 내렸다. 나도 저 버스를 타고 어디론가 훌쩍 떠나고 싶었다. 도저히 고개를 돌려 그녀의 얼굴을 볼 용기가 나지 않았다.

수업을 듣는 동안에도 그녀의 목소리가 계속 귓속에 울렸다.

나… 이제 아무도 없어…….

열일곱의 나는 당연하게 학교에 와서 책상 앞에 앉아 있다. 아빠가 사 준 태블릿으로 공부를 하고, 당연하게 졸업장을 받을 것이다. 별일이 없다면 대학에 갈 것이고, 취직 준비를 하고 회사에 다니겠지. 운이 나쁘지만 않으면, 그래, 운이 나쁘지만 않으면 나는 당연한 삶을 살게 될 것이다. 엄마가 없지만, 내 인생은 당연한 방향으로 흘러갈 것이다.

그런데 그녀는 아무도 없다. 열일곱에 아이를 낳았지만, 지금은 아이마저 없다. 그녀에게 당연한 삶은 무엇이었을까. 당연한 삶이 주어지긴 했을까.

그냥 날 불쌍하게 생각하면 안 될까?

그녀를 불쌍하게 생각해야 하는 걸까. 중학교 때 어머니가 돌아가셔서. 아버지라고 부르기도 어색한 사람은 살았는지 죽었는지도 몰라서. 열일곱에 가진 아이가 초등학교 입학을 앞두고 사고로 세상을 떠나서. 그녀 말이 맞는지도 모른다. 그녀는 불쌍한 사람일지도 모른다. 그러나 그녀를 절대 불쌍하다 생각하고 싶지 않다. 만약 누군가 나를 그런 눈길로 본다면 나는 참을 수 없을 테니까.

그런데 그런 마음이라도 그녀는 받고 싶었던 걸까. 동정이라도 받아야 살아갈 수 있는 걸까. 그녀를 이해하고 싶지 않았다. 이해하면 정말 그녀를 불쌍하게 여길 것 같아서.

⊹

부모님이 싸우는 모습은 거의 본 적이 없다. 엄마 덕분이었다. 엄마는 어떤 일이든 유머러스하게 넘기는 능력이 있어 아빠의 잔소리도 늘 웃으며 넘겼다. 하지만 마냥 받아 주는 것만은 아니라서 기분이 나쁘면 딱 잘라 말하곤 했다. 그럴 때마다 아빠와 나는 엄마의 말을 들을 수밖에 없었다. 엄마는 해야 할 말과 해선 안 되는 말을 잘 구분했고, 이유가 분명했다.

"당신, 그런 식으로 말하면 안 돼."

엄마가 굳은 표정으로 말했다. 굵고 단단한 목소리가 귀에 박혔다. 나는 겨우 아홉 살이나 열 살 즈음이었다. 대전에 사는 외할머니댁에 다녀오는 길, 기차역을 빠져나오자마자 엄마는 우뚝 서서 말했다.

"뭘 이런 걸 가지고 그래. 애 앞에서 참……."

아빠는 말끝을 흐렸다. 나는 긴장한 듯 아빠 손을 꼭 쥐었다. 아빠가 자세를 낮추며 놀란 나를 토닥였다. 그러나 엄마는 단호했다.

"애 앞이니까, 그래서 더 그러는 거야. 사람을 그런 식으로 말하면 안 돼."

엄마의 양손에는 외할머니가 챙겨 준 반찬이 가득 들려 있었다. 기차를 타고 올 때까지만 해도 엄마는 기분이 좋았다. 오랜만에 만난 친척들 얘기에 웃음꽃이 끊이지 않았고 행복해 보였다. 그런 엄마가 갑자기 표정을 바꾼 이유를 이해할 수 없었다.

"그 누구라도 다른 사람을 불쌍하다 할 수 없어. 한 사람에게만 매일 해가 뜨지 않아도 불쌍한 사람은 없어. 우리는 평생 다른 사람이 되어 보지 못하는데 어떻게 다른 사람을 함부로 평가할 수 있어?"

그제야 엄마가 화내는 이유가 짐작되었다. 기차역을 빠져나오는 길 양옆에 노숙자들이 있었다. 시커먼 얼굴에 지저분하게 자란 수염, 낡은 옷을 아무렇게나 걸치고 빤히 바라보는 모습이 무서워 나는 아빠의 손을 꼬옥 잡았다. 그러자 아빠가 내게 작은 목소리로 속삭였다.

"저기 있는 사람들은 불쌍한 사람들이야. 겁먹을 필요 없어."

엄마는 듣지 못했다는 듯 아무 말 없이 앞만 보고 걸었다. 그리고 역을 빠져나온 뒤에야 아빠에게 말했다. 당신의 말은 잘못된 거라고. 누구도 누구의 인생을 불쌍하다고 동정할 수는 없는 거라고.

"생각해 봐. 당신과 내가 그리고 시이가 여기 함께 있기까지 얼마나 많은 일이 있었는지. 우리가 어떻게 살아왔는지. 대단하지 않은 것들을 이루기 위해 얼마나 많은 운이 필요했는지."

엄마가 양손에 든 짐을 내려놓고 허리를 숙였다. 엄마의 눈과 내 눈이 같은 높이에서 서로를 바라보았다.

"시이야. 세상에 불쌍한 사람은 없어. 우리 모두 다 같은 사람인걸."

"응."

"불쌍한 사람이 없으니까, 세상은 겁먹을 거 없는 거야."

"으응."

엄마의 눈이 반짝였다. 유연하면서 용기 가득한, 내가 늘 알고 있던 그 눈빛이었다. 엄마는 반드시 말해야 했다. 불쌍한 사람은 없다고, 그러니까 겁먹을 것 없다고.

"맞네. 시이야, 엄마가 이겼어. 세상에 불쌍한 사람은 없어."

아빠가 멋쩍게 웃으며 말하자 엄마는 만족스러운 표정을 지으며 나를 끌어안았다. 그리고 속삭였다.

"시이야, 우리 도망갈까?"

엄마와 나는 짐을 바닥에 놓아둔 채 앞으로 내달렸다. 아빠가 짐을 들고 서둘러 쫓아왔다.

"어, 어디 가? 같이 가야지!"

엄마와 나는 한참을 달린 뒤에야 멈춰 서서 아빠를 향해 손을 흔들었다. 거친 숨소리와 함께 웃음이 터져 나왔다.

마지막 종이 울리자 긴 꿈에서 빠져나온 것 같았다. 불과 세 시간 남짓이었는데, 그녀의 말 때문인지 봄기운 때문인지 정신이 몽롱했다. 종례 시간에 선생님은 진로 희망서를 나누어 주었다. 다음 주부터 진로 상담이 시작된다고 했다. 진로 희망서를 대충 가방에 집어넣고 자리에서 일어섰다. 아빠와 약속한 저녁 식사에 늦지 않으려면 서둘러야 했다.

빠른 걸음으로 학교를 빠져나와 버스 정류장에 서 있는데 누군가 급히 뛰어오는 소리가 들렸다. 그녀였다. 그녀는 내 쪽으로 달려오더니 이내 숨을 고르며 말했다.

"오… 오늘은 카페 안 놀러 와?"

내가 불편함을 느끼고 카페에 오지 않을까 걱정됐던 걸까. 오늘 있었던 일이 그렇게 신경 쓰였던 걸까. 그런 말을 듣고도 왜 자꾸 함께하려는 걸까. 이해할 수 없는 그녀는 여전히 숨을 고르고 있었다.

"아… 오늘은 아빠랑 저녁 약속이 있어서."

"그렇구나……."

"오늘 내 생일이거든."

괜한 오해를 만들고 싶지 않아 꺼낸 말이었다. 하지만 생일이라고 말할 때는 민망함에 볼이 화끈거렸다. 그녀는 어쩔 줄 몰라 하며 발을 동동거렸다.

"잠깐만 기다려!"

그 말을 남기고 그녀는 어디론가 급하게 뛰어갔다. 내 뒤로 버스를 기다리는 사람들이 줄을 이었고 버스는 점점 다가오고 있었다. 얼마나 기다리라는 걸까. 머지않아 버스는 도착했고 문이 열렸다. 내가 버스에 오르지 않자 사람들이 뒤에서 이상한 듯 고개를 갸웃거렸다.

"안 타세요?"

"아, 먼저 타세요."

줄에서 벗어나자 사람들이 하나둘 버스에 올랐다. 사람들이 모두 올라타자 버스는 문을 닫고 출발했다. 다음 버스를 기다리며 그녀가 뛰어간 방향을 봤다. 내 마음까지 초조해지던 찰나, 그녀가 손에 작은 종이 박스와 봉투를 들고 뛰어오는 모습이 보였다. 내 앞까지 온 그녀의 이마에는 땀이 송글송글 맺혀 있었다. 그녀는 숨도 다 고르지 못한 채 손에 든 박스와 봉투를 내밀었다.

"이… 이거 가져가."

"뭐야?"

"케이크는 내가 주는 선물이고, 원두는 사장님이 주는 선물이야."

봉투 안에는 짙은 향을 풍기는 갓 볶은 원두 한 봉지가 들어 있었다. 카페에 들어서면 확 밀려들던 그 향이었다. 박스에 담긴 케이크는 기울인 채로 달려서 약간 찌그러진 상태였지만 딸기가 예쁘게 올라가 있었다.

"그새 카페 다녀온 거야?"

"생일이잖아. 몰라서 미안해."

말하지 않았으니 모르는 건 당연한 일이었다. 게다가 오늘이 생일이라고 말할 생각도 없었다. 그러나 한 손에 케이크를, 다른 한 손에는 향긋한 원두를 손에 쥐자 마음에 봄바람이 살랑이는 것 같았다. 철문이 삐거덕거리며 살짝 열리는 소리가 들렸다.

"생일 축하해."

"… 고마워."

잠시 뒤 버스가 도착한다는 정류장 안내 음성이 들렸다. 그녀는 천천히 뒤로 물러서며 손 인사를 건넸다. 나도 버스에 오르며 손을 흔들었다. 내가 자리에 앉을 때까지 그녀는 떠나지 않고 자리를 지켰다. 어색한 눈빛을 어디에 둬야 할지 몰라 그녀도 나도 다시 손을 흔들었다.

"불쌍한 사람이 없으니까, 세상은 겁먹을 거 없는 거야."

엄마의 말이 자꾸 떠올랐다. 버스가 움직이며 창 사이로 들어온 봄바람이 귀를 간지럽혔다. 봄바람이 이렇게 기분 좋은 거였나, 새삼스러웠다.

⊹

"학교에서 받은 거야?"

아빠가 먼저 도착해 있었다. 아마 오늘은 절대 늦으면 안 된다는 걸 알아챈 듯했다. 케이크 상자를 본 아빠의 얼굴에 화색이 돌았다. 나는 괜히 툴툴거리며 말했다.

"친구가 챙겨 줬어."

"좋은 친구네. 그 손에 든 건 뭐야?"

나는 대답 대신 봉투를 내밀었다. 원두를 받아 든 아빠가 구멍에 코를 대고 깊게 숨을 들이쉬었다.

"음, 향이 정말 좋네."

"그치?"

나는 행여나 고기 굽는 냄새가 원두에 밸까 봉투를 가방 안 깊숙한 곳에 넣었다. 원두 봉지 아래에 학교에서 받은 진로 희망서가 깔렸다. 살랑이는 바람은 자꾸만 문을 열어 달라며 마음을 두들겼다. 조금만 더, 조금만⋯⋯.

"아빠, 실은 나⋯⋯."

그 말을 내뱉은 걸 후회하는가, 후회하지 않는가는 중요하지 않다. 내 삶을 후회할 것인가, 후회하지 않을 것인가를 결정하는 말이었으니까. 그러나 까맣게 타 버린 속은 원두처럼 고소한 향을 풍기지 않았다. 그녀가 준 선물은 한쪽 문을 여는 대신 다른 한쪽 문을 세차게 닫아 버렸다.

#은밀한_슬픔

문이 있다. 익숙한 형광등 불빛. 아파트 복도인 것 같은데 어쩐지 문은 단 하나뿐이다. 문 앞에 선 나는 망설이다 문고리 위에 조심스럽게 손을 얹는다. 살짝 건드렸을 뿐인데 문이 기다렸다는 듯 열린다. 정면에 걸린 큰 가족사진. 내가 어렸을 때 찍었던 사진이다. 현관을 지난다. 노란 센서등이 따갑다. 시간이 지나자 센서등이 다시 꺼진다. 창을 통해 옅게 들어오는 빛을 빼면 온통 어둠이다. 거실에는 빈 소파가 있다.

엄마.

입을 벌려 보지만 아무런 말도 나오지 않는다. 안방 문을 열어 보고, 내 방문도 열어 보지만 엄마는 없다. 엄마, 엄마. 적막한 공간에 빈 소리만 울린다. 다시 거실을 살펴본다. 소파에 앉아 들고 있는 책에 시선을 고정한 엄마가 있다.

"엄마."

그제야 소리가 나온다. 그러나 엄마는 내 쪽으로 고개를 돌리지 않는다. 이 공간에 내가 없다는 듯 유유히 일어나 주방으로 향한다. 나는 엄마를 따라가 다시 부른다. 엄마. 이번에는 목소리가 나오지 않는다. 엄마는 또 나를 지나친다. 소파 위에 앉는다.

엄마, 우리 약속했잖아.

온 힘을 쥐어짜도 목소리가 나오지 않는다. 엄마 약속했잖아. 내 꿈을 지켜 주겠다고, 믿는다고 했잖아. 엄마, 나를 봐 줘. 무슨 말이라도 해 봐. 답답한 마음에 가슴을 쿵쿵 친다. 아프지 않다. 대신 머리끝에부터 불에 탄 재가 날리듯 흩어지는 느낌이다. 이마를 지나 목으로, 또 어깨에서 손으로. 내가 사라진다. 엄마는 여전히 책만 읽고 있다.

"엄마!"

꿈이었다. 새벽 어스름이 창을 통해 들어왔다. 새벽 여섯 시. 엄마가 꿈에 나오는 날엔 늘 이렇게 새벽에 잠을 깬다. 다시 눈을 감았다. 눈앞이 어지럽다. 엄마가 나오는 꿈을 여러 번 꾸었지만, 엄마는 한 번도 나를 보지 않는다. 그래도 섭섭하진 않았다. 그저 꿈에서 볼 수 있는 것만으로도 좋았으니까. 하지만 오늘은 달랐다. 어제는 내 생일이었고, 나는 아빠에게 고등학교를 그만두고 싶다고 말했다. 엄마에게 말했던 것처럼, 서툴렀지만 진심을 설명하려고 애썼다. 그러니까 이번만큼은 엄마도 내 목소리를 들어 주길 바랐다.

＋

"학교 그만두고 싶어…."

아빠는 듣지 못했다는 듯 묵묵히 고기를 구웠다. 내 말을 들어 줘. 그런 마음으로 다시 입을 열었다.

"학교를 그만두고 싶어."

"… 새 학기라 초반에는 힘들 수 있어. 더 있다 보면 적응될 거야."

"그런 거 아니야. 오래전부터 생각해 왔던 거야."

"그만두고 뭐 하게?"

이번엔 아빠가 재빠르게 물었다. 처음부터 듣지 못한 게 아니었다. 무엇을 할지는 아직 몰랐다. 그저 학교를 그만두고 싶고, 내 손으로 무언가를 해 보고 싶다. 3년 동안 의미 없이 앉아 있다 졸업장을 받는 일은 하고 싶지 않았다. 내 삶이 고민할 틈도 없이 흘러

가는 게 견딜 수 없이 괴로웠다. 조금만 더……. 힘을 주어 말했다.

"아직은 몰라. 그렇지만 해 보고 싶어. 내가 뭘 원하는지 직접 찾아가 보고 싶어."

"시간이 지나면 그런 마음 다 후회하게 마련이야."

"후회 같은 거……."

"네가 지금 학교 그만두면 뭘 할 수 있을 거 같아? 학생은 공부하는 게 최선의 노력이야. 그만 이야기해."

엄마가 돌아가신 뒤 아빠는 한 번도 엄마 얘길 꺼낸 적이 없었다. 마치 처음부터 없었던 사람인 것처럼. 이유는 짐작할 수 있었다. 그렇게 해야만 버틸 수 있으니까. 생각하면 무너지게 되니까. 하지만 상처받은 마음은 상처 주지 않고는 견딜 수 없는 마음으로 변했다. 집에 가는 길, 나는 결국 아빠에게 말했다.

"엄마는… 엄마는 그렇게 말하지 않았어."

"……."

"아빠는 아무것도 몰라. 차라리 엄마가 남았다면……."

아빠는 아무 말 없이 현관문을 열었다. 그러고는 어떤 말도 듣지 못했다는 듯 천천히 안으로 들어가 야구 중계방송을 켰다. 적막 가득하던 집안에 아나운서의 활기찬 목소리와 환호성이 퍼졌다. 아빠와 내 세상이 갈라지는 것 같았다. 덤덤해 보이던 아빠가 갑자기 울컥, 분에 받힌 듯 소리쳤다.

"아빠가 뭘 어떻게 해 줘야 하는데! 너한테 신경도 쓰지 말고 학교도 그만두게 해? 나중에 사람들이 뭐라 하겠어? 엄마가 없어서 그렇다는 말이 그렇게 듣고 싶어?"

아빠도 눈물을 흘렸던가. 시야가 흐릿해 제대로 기억나지 않는다. 겁을 먹은 것인지, 상처를 받은 것인지 나 역시 감정을 이겨 내지 못하고 세게 방문을 닫았다. 쾅. 나무로 만든 얇은 방문이 통째로 흔들렸다. 그대로 쓰러지듯 침대에 누웠다. 눈물이 바닥으로 흘렀다.

눈물. 눈물은 왜 나는 걸까. 생일을 망쳤다는 속상함 때문일까. 내게 소리 지른 아빠에 대한 미움 때문일까. 이런 마음을 얘기할 곳 없는 외로움 때문일까. 아니면 엄마를 향한 그리움 때문일지도 모른다. 어쩌면 그 모두일지도 모른다. 나는 그대로 잠이 들어 꿈속에서 그토록 그리워하던 엄마를 만났다.

─┼─

평소보다 이른 등굣길이었다. 평소엔 앉을 엄두도 못 냈던 버스가 한산했다. 빈자리에 앉아 창밖으로 시선을 던졌다. 막 봉오리를 틔우기 시작한 나무들이 해가 뜨는 방향으로 몸을 길게 늘어뜨리고 있었다.

버스에서 내렸지만 텅 빈 학교로는 발이 떨어지지 않았다. 한참을 서성이던 발걸음이 카페 쪽으로 향했다. 그녀가 말에 의하면 카페는 꽤 이른 시간에 문을 연다고 했다. 출근길이 피곤한 사람들도 잠시 쉬어야 할 곳이 필요하지 않겠냐는 게 사장님 생각이라고 했다. 사장님은 충분히 그럴 분이었다. 매번 찾아가는 나를 한 번도 귀찮게 생각하지 않았다. 주문하지 않고 그냥 쉬거나 공부를 해도 좋으니 눈치 보지 말라며 신신당부를 하기도 했다. 그래도 나는 늘 용돈으로 커피를 시키고 최소한의 자리를 차지하기 위해 애를 썼다.

"어머? 시이가 이 시간에?"

카페에 들어서자 사장님이 놀람 반, 반가움 반으로 맞이했다. 아직은 서늘한 아침 기온에 얼었던 몸이 천천히 녹아 내렸다. 카페 한구석 로스팅 기계는 팝콘을 튀기듯 소리를 내며 돌아가고 있었다. 고소한 커피 향에 몽롱하던 정신이 또렷해졌다.

"오늘 일찍 일어나서요. 헤이즐넛 라테 테이크아웃 부탁드려요."

카드를 건넸다. 아빠가 늦을 때면 혼자 배달 음식을 시켜 먹어야 해서 또래에 비해 용돈은 넉넉한 편이었다. 그렇다고 매일 마시는 커피값이 부담 없을 정도는 아니었지만, 차다 못해 서늘한 속을 어서 따듯한 라테로 채우고 싶었다.

"카드는 무슨! 금방 만들어 줄게. 좀만 기다려. 곧 은지도 올 텐데."

"은지도 이 시간에 와요?"

"아침부터 이것저것 돕고 가더라고. 안 그래도 된다고 했는데… 하여튼 은지도 고집이 있어."

사장님도 고집 있게 카드를 받지 않았다. 가끔 음식점에서 자기 카드로 계산해야 한다며 다투는 어른들의 심정을 알 것 같았다. 내가 낼게, 아니야, 내가 낸다니까. 그 다툼이 연기처럼 느껴졌는데 마냥 얻어먹는 것도 꽤 난처한 일이었다. 결국 나는 사장님의 고집을 이기지 못하고 카드를 다시 집어넣었다.

사장님의 손놀림은 빠르고 정교했다. 원두가 얼마나 볶아졌는지 상태를 확인하면서 익숙하게 원두를 갈고 에스프레소를 뽑았다. 동시에 우유를 덥히는데 움직임이 자연스러웠다. 마지막으로 손목을 조금씩 움직여 우유를 가늘게 선형으로 떨어뜨렸다.

"주문하신 헤이즐넛 라테 나왔습니다."

사장님이 건넨 헤이즐넛 라테 위에 우유 거품과 에스프레소가 층을 이룬 예쁜 잎사귀 모양이 그려져 있었다. 한눈에 봐도 섬세함이 느껴졌다.

"로제타라고 하는 모양인데 처음 보지?"

"네."

"은지도 열심히 연습하는데 아직이거든. 뚜껑은 따로 줄 테니까 조금 마신 다음에 덮어."

겹겹이 층을 이루며 한 줄기 한 줄기 살아 있는 잎사귀 모양. 정교하게 그려진 로제타는 마시기 아까울 정도였다. 나는 빨려 들어갈 듯 로제타에 시선을 거두지 못하고 말했다.

"아까워서 못 마시겠어요."

"보는 맛보다 먹는 맛이 더 좋을걸?"

사장님 말대로였다. 적당한 온도로 덥힌 우유는 고소한 맛을 더 풍미 있게 만들었다. 우유와 섞였음에도 커피 맛이 그대로 느껴졌고, 마지막에는 입안에 헤이즐넛 향이 감돌았다. 그 오묘함에 감탄하는 사이 나와 같은 교복을 입고 머리를 뒤로 묶은 아이가 카페로 들어섰다. 단추를 끝까지 단정하게 잠근 작은 체구의 그녀, 은지였다.

사장님이 그녀를 향해 반갑게 손을 흔들었다.

"좋은 아침! 오늘은 은지보다 일찍 나온 손님이 있네."

그녀가 당황한 듯 나와 사장님을 번갈아 봤다. 이내 고개를 꾸벅 숙여 인사한 뒤 나를 지나쳐 카운터 쪽으로 향했다. 앞치마를 두르려는 은지를 막아선 건 사장님이었다. 사장님은 넉넉한 웃음을 지으며 은지를 내 옆으로 데려왔다.

"오늘은 어림도 없어. 친구랑 같이 기다려. 음료는 뭘로 할래?"

"… 아이스 아메리카노요."

"조금만 기다려요."

사장님이 음료를 만드는 동안 그녀는 내 옆에 멀뚱멀뚱 서 있었다. 인사라도 건네고 싶지만 말을 아끼는 눈치였다. 전날 선물 받은 원두와 같은 향이 짙게 퍼져 나갔다. 풍경 소리와 함께 살랑이는 바람이 다시 불어왔다.

"어젠 고마웠어."

"응? 아… 아니야."

"덕분에 아빠한테 자랑도 했어. 친구가 선물해 줬다고."

아빠와 싸운 이야기는 덧붙이지 않았다. 아빠라는 말을 내뱉을 때 가슴이 답답하고 무거웠지만, 그녀에게 고맙다고 말하고 싶었다. 내 말을 들은 그녀의 볼에 온기가 돌았다. 그러곤 한참 입을 우물거리더니 조심스럽게 물었다.

"… 친구?"

"응. 우리 친구 아냐?"

이번에는 그녀의 귀가 새빨개졌다. 그녀는 기분이 얼굴에 투명하게 드러났다. 기분 좋은 부끄러움. 그녀가 답했다.

"친구, 맞아."

"그러니까. 친구야, 우리. 밥도 같이 먹고 카페도 같이 가는 친구."

사장님이 아이스 아메리카노가 들어 있는 텀블러를 가까운 내게 건넸다. 나는 텀블러를 받아 다시 그녀에게 건넸다. 그녀가 작은 손으로 텀블러를 쥐었다. 저 작은 손으로 더 작은 손을 키워냈다는 게 믿어지지 않았다.

"학교 가자."

그녀의 밝은 목소리에 사장님이 엄마 같은 미소를 지었다. 익숙한 눈빛. 내가 쉬어 가고 용기 낼 수 있게 해 준 사람, 지금 내가 가장 그리워하는 사람의 눈빛. 집에서 나서듯 다녀오겠다는 인사와 함께 사거리로 나왔다. 멀리 산등성이를 넘어 햇살이 눈부시게 떠오르고 있었다.

᛫᛫᛫

며칠 동안 지켜본 은지는 생각보다 수다스러웠다. 반 애들이 있을 땐 입을 다물고 있다가 둘만 있으면 조잘조잘 얘기들을 늘어놓았다. 날 처음 보았을 때 놀란 마음이 은지에게도 있었다는 걸 그때 알았다. 평소 낯을 많이 가린다는 은지는 그날, 애써 태연하게 말을 걸었다. 차마 지나칠 수 없었다고 했다. 구석에 덩그러니 떨어진 나를 모른 척할 수 없었다고.

하지만 우리는 서로를 위해 반에서는 가까운 티를 내지 않았다.

나는 은지가 작년 선아동 트럭 사고 피해자의 엄마라는 게, 실은 스물다섯이라는 게 알려지면 어쩌나 걱정했고, 은지는 우리 엄마가 그 피해자 중 하나라는 것이 알려질까 조심했다. 그만큼이나 선아동 사고는 우리에게 숨기고 싶은 상처였다.

우리의 아지트는 카페였다. 학교에서는 아는 척만 하는 사이였다면, 카페에서는 거의 모든 순간을 공유했다. 은지와 나는 손님이 없어 한가할 때마다 초록색 커피콩을 테이블에 올려두고 하나하나 골라냈다. 벌레 먹은 콩, 병든 콩, 덜 자란 콩, 부서진 콩, 모두 걸러내야 할 대상이었다. 은지는 눈은 커피콩에 집중하면서도 입은 좀처럼 쉬지 않았다. 내가 스치듯 물었다.

"시험공부는 많이 했어?"

"너무 오랜만에 공부하니 머리가 안 돌아가. 공부도 이렇게 커피콩 고르는 것처럼 쉬우면 좋을 텐데."

커피콩을 요리조리 잘 걸러내는 은지가 어렵다는 듯 고개를 저었다. 은지에게 공부할 시간이 부족하다는 건 자연스레 짐작할 수 있었다. 그래서 은지는 수업 시간에는 오로지 공부에 매달렸다. 고개를 돌려 은지를 볼 때면 늘 누구보다 집중하고 있었다. 수업 시간에 오가는 작은 장난도 은지에게는 허락되지 않는 듯했다.

"학원을 다니고 싶어도 여유가 없어서 인강만 겨우 들어."

카페 마감은 밤 열 시였다. 40분 거리를 매일 걸어 다닌다고 했으니 아무리 빨리 집에 들어가도 열한 시는 될 텐데, 틈틈이 인강까지 듣고 잔다는 게 대단했다. 그에 반해 나는 공부할 시간이 넘쳤다. 마음만 먹으면 하루 종일 공부만 할 수도 있었다. 그러나 그 시간의 의미를 느끼지 못했다. 하고 싶지 않은 일을 하며 꾸역꾸역 어른이 되길 기다리는 기분이었다.

"예전에는 어떻게 공부했나 싶어. 한편으론 다들 이렇게 공부해야 했구나 신기하기도 하고."

은지가 혼잣말처럼 중얼거렸다. 손은 여전히 쉬지 않고 움직였다. 은지의 삶은 어쩌면 헤쳐 나가는 것에 가깝다는 생각이 들었다. 열일곱 살에 덜컥 찾아온 임신과 혼자 떠맡아야 했던 육아, 그리고 상실. 은지는 한 번도 그 얘기를 꺼낸 적이 없었지만, 내 머릿속에는 종종 상복을 입은 흐릿한 영상이 떠올랐다. 그건 정말 은지였을까. 영상 속에 담긴 어마어마한 슬픔 속의 사람과 내 앞에 커피콩을 고르는 은지는 다른 사람 같았다.

"이번 모의고사 성적이 어떤데?"

"겨우 4등급 넘었어."

은지가 부끄럽다는 듯 작게 속삭였다. 높지 않은 점수였지만, 공부하기 힘든 현실을 생각하면 노력하고 있음이 분명했다. 은지는 걱정 어린 목소리로 말했다.

"성적만 되면 대학에 들어가고 싶은데……."

좋은 대학까진 바라지 않는 눈치였다. 그러나 은지의 얼굴은 꿈에 부푼 열일곱 같았다.

"나는 대학 같은 거 싫어."

은지보다 한참 손이 느린 내가 커피콩을 이리저리 굴려 가며 말했다. 성적은 내가 은지보다 조금 더 좋았지만, 커피콩 골라내는 데 있어서는 은지가 훨씬 뛰어났다. 은지는 사장님에 비하면 한참 부족하다고 말하면서도 원두 향만으로도 어떤 종류인지 척척 알아냈다. 은지가 왜 굳이 대학을 꿈꾸는지 이해가 되지 않았다. 대학에 가지 않아도 은지의 삶은 충분해 보였으니까.

"그래도 시이는 아직 가능성이 많잖아."

스물다섯과 열일곱. 은지와 나 사이에 놓인 8년의 시간을 은지는 '가능성'이라고 표현했다. 무엇이든 도전할 수 있고, 무엇이든 해낼 수 있는 그런 시간. 나는 믿을 수 없었다. 아빠에게 허락받지 못하면 매일 창밖을 보며 보내야 하는 3년의 시간. 그 시간이 가로막힌 길처럼 느껴졌다.

"……"

"혹시 시험공부 도와줄 수 있어?"

은지가 물었다. 연갈색 눈동자에 설렘이 가득했다. 기대에 찬 눈빛에 마음이 흔들렸다. 공부는 별로지만, 도울 수 있다면 돕고 싶었다. 한편으론 엄마와 한 약속이 떠올랐다. 학교를 그만두더라도 검정고시는 합격해야 한다는 약속이었다. 약속은 반드시 지킬 생각이었다. 그리고 지금도, 나는 약속을 지키고 싶었다.

"그런데 일하면서 언제 공부하려고?"

"사장님이 시험 기간 일주일 전부터 공부하라고 알바 시간 줄여 주신대. 내일부터 일곱 시에 퇴근이야."

그 말을 듣자 은지의 난처한 표정이 떠올랐다. 사장님이 카운터 구석에서 은지에게 고집스럽게 무언가 말했는데, 알고 보니 공부도 신경 써야 한다는 애정 어린 잔소리였다. 사장님은 은지의 사정을 아는지 알바비는 줄이지 않을 테니 걱정하지 말라고 말했다. 은지의 두 귀는 다시 붉어졌다.

"이번 기회에 공부에 집중해 보려고."

"사장님도 참 고집이 세. 꼭 우리 엄마 같아."

"……."

바삐 놀리던 은지의 손이 순간 멈칫했다. 무언가 턱 걸린 느낌이었다. 그때 알아챘다. 아무렇지 않게 꺼낸 말이 은지에게는 조금 다르게 다가갔다는 걸. 자신의 아이를 지키려다 떠난 사람, 우리 엄마. 은지는 무슨 마음이었을까. 미안한 마음일까, 아니면 엄마라는 말이 불편했을까.

"우리 집에서 공부하는 건 어때?"

은지의 손놀림이 다시 바빠졌다. 집이라는 단어가 어색했다. 학교와 카페가 아닌 다른 공간에서 은지를 만난다는 게 낯설게 느껴졌다. 게다가 은지의 집이라니, 상상이 잘 안 되었다. 사고 소식을 들을 때 만해도 피해 아이의 집은 상상해 본 적도 없었으니까.

"진짜? 너희 집에 가도 돼?"

"응. 어차피 혼자 사는걸."

"……."

'혼자'라는 말이 먹먹했다. 은지가 혼자라는 단어를 뱉을 때면 늘 은밀한 슬픔이 비집고 나왔다. 평범한 대화 속에도 우리는 서로의 숨은 상처를 알아챘다. 그럼에도 우리는 평범한 대화를 이어갔다. 마치 아무 일 없었다는 듯.

"좋아. 너희 집에 가서 공부하자."

╌╎╌

"내일은 학교 끝나고 친구랑 시험공부하기로 했어."

오늘 저녁 메뉴는 통조림 참치가 들어간 미역국이었다. 아빠가 그간 도전했던 다른 음식들에 비하면 성공적이었다. 다만 엄마가 끓인 쇠고기 미역국처럼 깊은 맛은 나지 않았다. 게다가 미역을 불리다 양 조절에 실패했는지 반찬으로 불린 미역과 초고추장이 나왔다.

"……."

"학교 그만두기 전까지 공부도 열심히 할 거야. 그래야 검정고시도 보지."

엄마가 떠난 뒤 아빠는 저녁만큼은 꼭 같이 먹으려고 노력했다. 새벽에 일을 나가기 때문에 저녁이 아니면 얼굴을 볼 시간이 없었기 때문이다. 늦게까지 학원에 다니거나 야간 자율 학습을 할 필요가 없다고 먼저 말한 것도 아빠였다. 아마도 저녁을 같이 먹는 일이 엄마의 빈자리를 채울 수 있는 방법이라고 생각하는 듯했다.

"저녁도 친구네서 먹으려고."

"학교 그만둘 생각은 하지도 말아. 학교는 당연히 나와야 하는 거야."

"내가 알아서 할게."

"네가 대체 뭘… 그 얘긴 그만하자."

아빠는 먼저 비운 그릇을 들고 자리에서 일어섰다. 달그락거리는 소리가 날카롭게 울렸다. 아빠의 뒷모습이 무거워 보였다. 아빠가 고집스럽게 지켜 온 저녁 시간도 마침표를 찍는 듯했다. 건너갈 수 없을 만큼 마음이 멀어지고 있었다.

⊹

"시이도 공부 열심히 하고 있지?"

아빠가 물어봤다면 기분 나빠 했을 질문이었다. 하지만 카페 사장님의 질문에는 그저 웃을 수밖에 없었다. 질책하는 물음이 아닌 응원의 말이었으니까. 대학에 가고 싶지 않다거나 공부 따윈 질색이라는 말도 떠오르지 않았다. 무슨 말을 해도 사장님은 호탕하게 웃어넘길 것 같았다.

"이따 퇴근하면 같이 공부하려고요."

옆에서 은지가 수줍게 말했다.

"좋을 때다! 공부 너무 열심히 하지 말고."

앞뒤가 맞지 않는 말조차 응원으로 들렸다. 장례식장에서 스치듯 그녀를 보았을 때 우리가 같은 학교에 다니게 될 줄 알았을까. 학교에서 다시 보았을 때 이렇게 같이 다니는 친구가 될 줄 알았을까. 선아동 사고 전까지 나는 세상이 생각 안에서 움직인다고 생각했다. 꿈꾸고 행동하면 무엇이라도 될 거라면서. 그러나 그날 이후 우리는 생각 밖의 세상으로 튕겨져 나갔다. 한 치 앞도 알 수 없는 세상으로.

그래서일까. 스치듯이 봤던 서로를 한순간 알아본 것은.

은지를 따라 걷고 또 걸었다. 은지의 말은 거짓말이 아니었다. 가로등 아래 활짝 핀 개나리와 곧 터질 것 같은 철쭉 몽우리가 지겨워질 때까지 걸었다. 골목은 건물을 피해 갈라진 듯 구불구불했다. 선선한 바람에 힘들지 않았으나 곧 가파른 계단이 눈앞에 나타났다.

"이 계단… 다 올라야 되는 거야?"

가파른 계단은 안전을 위해 손잡이 난간이 설치되어 있었다. 계단 사이는 빌라로 빼곡하게 막혀 있어 빠져나갈 샛길도 보이지 않았다.

"응. 저 위까지만 올라가면 금방이야."

"매일 이 계단을 오르내린다고?"

"살다 보면 익숙해져."

은지가 푹 웃었다. 평소 은지의 걸음걸이가 조심스러운 편이라고 느꼈는데 어쩌면 이 계단 때문일지도 모르겠다는 생각이 들었다. 조금이라도 발을 헛디디면 굴러떨어질 것 같은 폭 좁은 계단이었다. 다행히 중간중간 가로등이 설치되어 있어 발밑이 환했다.

한 칸, 두 칸, 세 칸…….

걸음을 세다 주저앉았다. 은지는 하나도 지치지 않은 모양새였다. 먼저 올라가던 은지가 내려와 내 옆에 앉았다. 나보다 키도 작은데 숨 하나 거칠어지지 않았다. 차가운 돌계단이 열기를 식혔다. 높아서 그런지 탁 트인 시야에 고개를 들지 않아도 하늘이 보였다. 해가 완전히 저문 4월의 밤하늘은 남색과 붉은색이 묘하게 섞인 보랏빛에 가까웠다.

"은지도 한 성격 하는구나."

차오른 달을 보며 내가 말했다. 작고 약하게만 보았는데 매일 이 계단을 오르내렸다니 믿어지지 않았다. 멀리 하늘을 응시하던 은지가 고개를 돌려 나를 보았다. 얼굴의 반에는 노란 가로등 빛이, 나머지 반에는 그늘이 내려앉았다.

"그런가? 그럴지도 모르겠다."

은지가 차분한 목소리로 말했다. 웃음기 없는 얼굴에 미묘한 슬픔이 묻어 있었다. 우리는 둘 다 말이 없었다. 은지가 침을 삼키자 목울대가 살짝 움직이는 게 보였다. 까만 저녁 구름이 달을 가렸다.

"이제는, 네 마음을 듣고 싶어."

마음에만 두었던 말을 세상에 꺼냈다. 부드러운 바람이 코끝을 타고 몸속 깊숙이 들어왔다. 바람을 내뱉듯 은지가 조심스레 입을 열었다.

⁜

은지가 윤월이를 임신한 시기는 고등학교 1학년, 여름방학 때라고 했다. 은지에게 그날은 잊을 수 없는 날이었다. 임신이라는 게 그렇게 쉽게 되는 건지 몰랐고 상대도 짧게 만난 남자친구였다. 관계를 가진 횟수도 몇 번 되지 않았다. 그렇다고 은지가 흔히 말하는 비행 청소년도 아니었다. 그 말은 믿을 수 있었다. 은지는 지금 봐도 성실하고 여린 고등학생이니까. 은지의 열입곱도 지금과 다르지 않을 것 같았다.

"그땐 누구든 의지할 사람을 찾았던 것 같아."

은지가 서글픈 표정으로 말했다. 열일곱에 아이를 가진 것도 큰일이었지만, 그건 은지가 겪은 수많은 사건 중의 하나에 불과했다. 은지가 중학교 1학년 때, 어머니는 췌장암 말기 선고를 받았다. 아버지는 어머니를 살리기 위해 일까지 그만두고 간병에 몰두했는데, 그런 아버지를 따라 은지도 매일 같이 병원을 드나들었다. 하지만 어머니의 병세는 점점 악화되었다.

"처음부터 희망이 없었는지도 몰라."

아무도 말해 주지 않았지만, 나아지기 어렵다는 건 은지도 알고 있었다. 어머니는 하루가 다르게 말라 갔다. 나중엔 움직이지도 못했고 욕창이 생기기 일쑤였다. 잠든 모습을 볼 때면 살아 있는 걸까, 불안감에 휩싸였다. 결국 어머니는 일 년 만에 돌아올 수 없는 곳으로 떠났다. 상실감에 빠진 아버지는 가정을 돌보기는커녕 매일 술을 입에 달고 살았다. 이미 어머니의 투병을 돕느라 가진 돈보다 빌린 돈이 더 많은 상황이었다. 그리고 은지가 고등학교에 갈 무렵, 정신병원에 입원했던 아버지는 멋대로 퇴원한 뒤 집으로 돌아오지 않았다. 그때부터 혹은 더 오래전부터 은지는 혼자였다.

"불행이 그렇게 순식간에 일어날 수 있다는 게 참 신기해. 도미노처럼 안 좋은 일이 계속 이어졌어. 정신을 차릴 틈도 없이. 나한테 무슨 일이 일어나고 있는 건지 나조차도 모르는 기분이었어."

그래서일까. 은지는 윤월이를 가졌을 때, 오히려 기쁜 마음이 차올랐다고 했다. 영원한 곁을 떠나지 않을 내 편이 생긴 것 같은 느낌이었다고 했다. 은지는 헤어진 남자친구에게 임신 사실을 알리지 않았다.

"왜… 얘기하지 않았어?"

저녁 구름에 가렸던 달이 서서히 모습을 드러냈다. 은지가 떨리는 목소리로 말했다.

"뭐랄까. 그 사람, 분명 애를 지우라고 말할 거 같았거든. 나는 윤월이를 낳고 싶었고. 내 아이만큼은 사랑을 가득 받으며 태어나길 바랐어. 설령 그게 나 하나뿐이더라도. 처음 병원에 가서 윤월이의 심장 소리를 듣는데 내 마음도 같이 쿵쾅거렸어. 첫사랑에 빠진 듯이. 지금도 내 인생의 첫사랑은 윤월이야."

끝내 은지는 고개를 푹 숙였다. 눈물을 보이고 싶지 않은 듯 몸을 웅크렸다. 나는 일부러 고개를 들어 먼 산에서 반짝이는 빛을 응시했다. 밤하늘보다 까만 산등성이 위에서 반짝이는 빛은 마치 저기에도 누군가 살고 있다는 간절한 외침 같았다.

은지는 꽤 오랫동안 몸을 들썩일 정도로 울었다. 콧물을 주워 담는 소리와 윽 하는 울분의 소리가 골목 사이로 울려 퍼졌다. 그런 은지에게 무엇을 해 줄 수 있을까. 그동안 슬퍼하고 화내는 사람은 줄곧 나였는데. 한참이 지나자 은지의 울음이 조금 잦아들었다. 여전히 내 시선은 어딘지도 모르는 먼 곳을 향해 있었다.

"나도 그렇게 울어 봤어."

겨우 꺼낸 말이었다. 무슨 말을 해야 할지 몰라도 말하고 싶었다.

"보이지도, 숨기지도 못하고… 그렇게 울었어. 어떨 땐 눈물샘이 안쪽으로 나 있었으면 좋겠다고 생각했어. 아무리 울어도 속으로 삼킬 수 있게. 그런데, 그런 것들, 노력으로 바꿀 수 없잖아."

"……."

"어떨 땐 그래서 다행이구나 싶어. 아무리 노력해도 안 되는 게 있다는 게."

"나는……."

은지가 크게 심호흡했다. 그동안 쌓였던 말들을 그 호흡의 끝에 날려 보내려는 듯이. 은지는 자신의 이야기를 이어나갔다. 나는 그 말들이 몸부림에 가깝다고 생각했다. 살기 위해 오래 눌러두었던 마음을 열어 보일 수밖에 없는, 절절한 몸부림.

눈을 살짝 감았다. 좁은 골목을 사이에 두고 다닥다닥 붙어 있는 빌라들에서 삶의 소리가 들렸다. 아이가 우는 소리, 발을 구르는 소리, 달그락 그릇을 정리하는 소리와 환풍기가 툴툴 돌아가는 소리. 그리고 은지의 목소리가 들렸다.

"쿵쾅거리던 윤월이의 심장이 내 심장이 됐어.
처음에는 이상했는데 점점 느껴지더라.
내 안에 생명이 있구나, 가족이 있구나.
언제나 나와 함께하는, 그런 존재가 있구나.
그게 너무 든든해서 세상이 무섭지 않았어.
정말이지, 두려운 건 이 아이를 잃는 것밖에 없을 정도였어."

배가 불러 오자 은지는 고등학교 1학년 겨울에 자퇴를 결정했다. 불쑥 담임 선생님을 찾아가 학교를 그만두고 싶다고 했다. 이미 눈에 띌 정도로 불러온 배를 선생님은 흘긋 쳐다봤다. 선생님은 더 묻지 않고 필요한 말만 했다.

"부모님 모셔 오렴."

"저 부모님 없어요."

"아버지 계신 걸로 적혀 있는데?"

"지금은 없어요. 실종됐어요."

은지는 '가족'이 없다고는 말하지 않았다. 엄마가 돌아가시고 아빠조차 사라졌지만, 뱃속에 새로운 가족이 있으니까. 결국 어머니의 유일한 혈육이었던 이모가 학교에 왔다. 어릴 때 자기를 살뜰하게 챙겨주던 예쁜 이모였다. 긴 생머리와 짙은 쌍꺼풀이 꼭 인형 같았던 이모는 못 본 사이 삶에 깊은 주름이 생겼다. 이모는 불룩 나온 은지의 배를 한 번 힐끔 쳐다보았을 뿐 따로 묻지 않았다. 차라리 모르는 게 낫다는 표정이었다. 그렇게 고등학교를 자퇴한 뒤로는 이모와도 연락이 끊겼다. 그래도 은지는 속상하지 않았다. 모두 제각각 살아가는 자리가 있는 거라고, 각자 그 자리를 살아가는 것뿐이라고 생각했다. 아버지도, 이모도, 그리고 자신도.

가만히 귀를 기울이던 나는 물을 수밖에 없었다.

"불행하지 않았어?"

그제야 은지가 후련하다는 듯 크게 숨을 내쉬었다. 눈과 코가 빨갛게 상기된 은지의 얼굴이 꼭 자줏빛 달덩이 같았다.

"엄마는 불행할 수 없어. 아이가 울 때 엄마가 같이 울면 절망이 되지만, 엄마가 웃으면 그건 희망이거든. 아이에게 절망을 안기고 싶은 부모는 없어. 그래서 불행하지 않았어."

은지의 목소리에 단호한 힘이 실려 있었다. 어쩌면 희미하게 웃었는지도 모르겠다. 그때 은지는 희망을 떠올리고 있었다.

"일어날까?"

은지가 천천히 일어섰다. 크게 기지개를 켜는 은지의 옆모습에 그림자보다 빛이 들었다. 나도 두 다리에 힘을 주고 자리에서 일어나 은지의 뒤를 따랐다. 자그마한 은지의 뒷모습에서 엄마가 보였다. 결코 내 앞에서 웃음과 여유를 잃지 않던 엄마의 모습이. 은지도 알고 있었을까. 자신의 등에 흉내 낼 수 없는 강인함이 있다는 걸.

나는 살포시 은지의 등을 밀어 주었다. 손가락 끝에 온기가 느껴졌다. 은지가 나를 돌아보며 얇은 미소를 지었다. 은지는 그 손이 어떤 의미인지 모르는 듯했다. 그건 은지의 삶을 들은 내 대답이었다.

여기에 네 강인함이 있어.

#엇갈린_꿈

"진로 희망서 뭐라고 썼어?"

"뭐야, 너 이과 가게?"

"야야, 나도 봐. 근데 상담 날짜 언제지?"

아침부터 반이 소란스러웠다. 오늘부터 번호 순서대로 진로 상담이 진행된다고 했다. 중간고사를 마치자마자 시작된 진로 상담은 꽤 잔인한 일정이었다. 모의고사와 중간고사 점수를 보고 원하는 학교와 학과를 정해 현실적으로 조언을 받는, 한마디로 현실을 보는 순간이었다. 애가 타긴 나도 마찬가지였다. 대학에 갈 마음이 없으나 진로 희망서에 '대학에 가지 않음'이라는 선택지는 없었다.

원하는 대학이 어디냐는 질문에 '모르겠습니다'라고 적을 수도 없었다. 차라리 처음부터 직업계 고등학교를 갔어야 했나 후회도 들었다. 그러나 언제나 그렇듯, 미래는 경험할 수 없기에 무엇을 후회하게 될지도 알 수 없었다.

가장 곤란한 건 마지막 항목이었다. 희망 전공 관련 연구 계획을 적으시오. 꼭 적어야 한다면 학교 밖에서 세상이 어떤지 연구하고 싶다고 쓰고 싶었다. 하고 싶은 일이 무엇인지 알아 가는 과정도 삶의 일부인데, 왜 자꾸 목표가 없으면 안 된다는 식으로 말하는 걸까. 답답한 마음에 명치가 조여 왔다. 진로 희망서 하나 쓰는 일이 온 세상과 싸우는 것처럼 피곤했다.

은지는 진로 희망서에 뭐라 적었을까. 물어보고 싶었으나 학교에선 아는 체를 거의 하지 않아 눈치만 살폈다. 점심시간에 슬쩍 물어보려고 기회를 노렸지만, 은지는 첫날 점심시간이 진로 상담이었다. 결국 점심도 혼자 먹었다. 처음에는 혼자 먹는 일 따위 아무렇지 않다고 생각했는데, 막상 은지가 없으니 허전했다. 점심시간이 끝나갈 무렵, 은지가 무거운 표정으로 교실에 돌아왔다.

＋

은지네 집은 5층짜리 빌라의 옥탑이었다. 은지네 옥탑방에 가려면 두 개의 문을 지나야 했다. 먼저 빌라 1층 대문을 열고, 계단을 오른 다음 옥탑으로 이어지는 문을 또 열었다. 옥상문은 바람 때문에 닫힐 때 큰 소리가 날 수 있어서 조심해야 한다고 은지가 계단을 오르며 일러 주었다.

옥상문을 열자 회색으로 코팅된 바닥이 보였다. 구석에는 텃밭 상자도 몇 개 있었는데 고추와 상추가 심어져 있었다. 어느 집에서 관리하는지는 몰라도 때마다 꾸준히 무언가 열리고 피어난다고 했다.

"사실 서리한 적도 있어."

은지가 귀엽게 웃어 보였다. 고기와 함께 먹을 게 없어 상추 몇 개를 몰래 뜯었다는 게 은지가 말한 서리였다. 직접 키우지 않지만, 텃밭 상자에 정이 든 것 같다고 했다. 매일 조금씩 자라는 모습을 볼 때면 괜히 뿌듯한 마음이 올라온다며 즐거운 듯 말했다.

옥상 한 편에 툭 튀어나온 작은 가건물이 은지가 머무는 집이었다. 한눈에 봐도 조립식 건물이란 걸 눈치챌 수 있었다. 문도 오래된 철문에 반투명 유리가 달려 있어 마음만 먹으면 안에서 누가 움직이지 않는지 관찰할 수 있었다. 문에 어울리지 않는 번호키 도어락은 이사 올 때 집주인이 크게 마음먹고 달아 준 것이라고 했다.

"옥상에 사람도 다니는데 무섭지 않아?"

은지는 번호키를 누르고 아무렇지 않다는 듯 문을 열고 들어섰다. 안으로 들어서자 현관과 방 사이에 미닫이문이 하나 더 있었다. 방까지 들어가려면 총 네 개의 문을 지나야 하는, 어쩌면 도둑이 들기 어려운 구조라는 생각도 들었다.

"윤월이랑 같이 살 때는 가끔 무섭기도 했는데, 이제는 그렇지도 않아."

신발장 앞이 너무 좁아 은지가 먼저 신을 벗은 뒤에 내가 들어갔다.

"실례하겠습니다."

어색하게 말했다. 은지는 바닥이 차다며 도톰한 슬리퍼를 건넸다. 바닥에 가격과 Made in China라고 적힌 스티커가 그대로 붙어 있었다. 내가 온다고 새로 준비한 듯했다. 화장실은 입구 왼쪽에 있었고, 작은 싱크대와 냉장고가 오른쪽에 있었다. 미닫이문을 열자 장롱 대신 행거가, 커튼 대신 압정으로 박은 천이 보였다. 한쪽 구석에는 좌식 탁상이 접혀 있었고, 토퍼 위에 하얀 이불이 곱게 개어져 있었다. 가구라고 할 만한 건 따로 없었다. 화장대를 겸하는 나무로 만든 수납함이 덩그러니 하나 있었는데 사진 몇 장과 유골함, 그리고 강아지 인형이 그 위에 놓여 있었다.

"그 일이 있고… 필요 없는 가구를 거의 다 버렸어."

은지가 보일러 온도를 올리며 변명하듯 말했다. 초라하다면 초라한 방이었지만, 나는 마음에 들었다. 은지가 직접 골랐을 천은 따스한 느낌이 들었고, 바닥에 깔린 토퍼는 당장이라도 눕고 싶을 정도로 푹신해 보였다. 행거에 걸린 옷도 길이에 맞춰 가지런히 정리되어 있었고, 마치 방금 쓸고 닦은 것처럼 바닥도 깨끗했다.

"잠깐만 기다려. 얼른 준비할게."

은지의 손놀림이 바빠졌다. 행거 아래 있던 담요를 펴서 바닥에 깔고, 그 위에 좌식 탁상을 폈다. 구석에 있던 스탠드 조명을 가져와 키자 금세 아늑한 공부방 분위기가 연출됐다.

"좀 답답하지?"

은지는 창을 가리고 있던 천을 차곡차곡 접었다. 집게로 고정하고 창문을 열자 시원한 봄바람이 훅 밀려들어 왔다. 천이 춤을 추듯 흔들리며 은은하게 빛이 퍼져 나갔다.

"편한 옷 줄까?"

은지가 행거를 뒤적였다. 한참 고민하는 듯하던 은지의 손에는 부드러운 수면 잠옷이 들려 있었다. 오래 손을 탄 듯 밴드가 약간 늘어나고 보풀도 일어나 있었다. 낡은 옷이 신경 쓰였는지 은지는 급히 손을 거두고 다른 옷을 찾았다.

"나는 그거 좋은데."

"너무 오래된 옷이라… 그래도 편한 건 이게 제일이야."

"오래되면 어때? 편하면 그만이지."

은지의 잠옷에서는 은은한 벚꽃 향기가 풍겼다. 아마도 섬유유연제 향이겠지만 봄볕에 바싹 말린 덕분인지 자극적이지 않았다. 은지의 집은 곳곳에 섬세한 마음이 배어들어 있었다. 새 슬리퍼를 준비하고 옷을 고르는 은지. 해가 뜨는 날이면 옥상에 빨래를 길게 널어놓고 혹시나 비가 오지 않을지 구름을 살피는 은지. 온종일 빨래를 하고, 음식을 하고, 설거지를 하고, 해가 떨어질 때쯤이면 부지런히 빨래를 걷고 개었을 은지. 엄마로서의 은지. 만일 나였다면 은지의 삶을 감당할 수 있었을까.

문득 가슴이 시렸다. 우리 엄마의 삶도 그랬을까. 작은 것 하나 놓치지 않으려 애썼을까. 다닥다닥 붙은 빌라들 사이로 아기 울음소리가 들려왔다. 내 곁을 떠나지 말아 달라는 절박한 외침 같았다.

─┼─

거실에서 왁자지껄한 소리가 울려 퍼졌다. 외가 쪽 식구들은 명절 때마다 집을 돌아가며 모였는데, 이번에는 우리 차례였다. 다섯 살 가을이는 쉬지 않고 뛰어다녔다. 어른들은 제각기 수다를 떠느라 바빴고, 나이가 든 사촌들은 서먹서먹했다. 자주 보는 사이도 아닐뿐더러 서로 친해질 마음도 없었다.

"가을아, 삼촌한테 와!"

모든 관심은 가을이에게 쏠려 있었다. 가을이가 어깨에 매달리자 삼촌은 번쩍 일어나 가을이를 안고 거실을 빙글빙글 돌았다. 가을이 웃음소리가 온 집 안을 가득 채웠다. 나한테는 가끔 용돈만 주던 삼촌이 이렇게 다정한 사람인지 처음 알았다.

"이제 나이 드니까 애 보는 것도 힘들다."

어른들의 대화가 방문을 넘어 내 귀에까지 들렸다. 나는 침대에 누워 핸드폰을 보고 있었고, 가을이는 이모한테 핸드폰을 달라고 떼를 썼다. 가을이 목소리가 어찌나 큰지 아파트가 울릴 정도였다. 결국 이모는 가을이를 이기지 못했다. 핸드폰을 손에 쥔 가을이는 언제 그랬냐는 듯 입을 다물었다. 사촌오빠들은 피시방에 다녀오겠다며 우르르 나갔다. 방에 남겨진 나와 핸드폰에 정신이 팔린 가을이. 어른들은 들릴 듯 말 듯 대화를 이어 나갔다.

"언니는 힘들지 않았어?"

이모는 늦둥이가 힘든 눈치였다. 이모의 심정이 충분히 이해됐다. 나도 가을이가 잠깐 떼쓰는 걸 참기 힘들었으니까.

"애들이 다 그렇지 뭐. 그래도 그때가 가장 예쁠 때야."

"가장 힘들 때 아니고?"

"그것도 맞지. 가장 힘들고 가장 예쁠 때. 네 언니는 시이 어릴 때 엄마한테 울면서 전화했잖아. 기억 안 나?"

삼촌 목소리에서 내 이름이 들렸다. 지금은 중학생이지만 분명 나도 다섯 살이던 때가 있었을 터였다. 너무나 당연한데 다섯 살인 내가 도저히 상상이 안 됐다. 듬성듬성 남아 있는 기억은 유치원에서의 몇 장면뿐이고 그다음은 초등학교 입학 이후, 가장 생생하게 기억나는 건 어제저녁이었다. 엄마는 속삭이듯 말했다.

"나도 엄마가 처음인데 어떡해? 그때만큼 엄마가 보고 싶을 때가 없더라."

"그래도 지금은 시이도 잘 크고 형부도 자리 잡았잖아. 그때 얼마나 힘들었어. 나는 언니 보면서 둘째는 절대 낳지 말아야지 싶었다니까? 기억나지? 그 깔끔하던 언니가 시이 키우면서는 집안일에 손도 못 댄 거. 그때 언니 집 가면 앉을 자리가 없을 정도였다니까."

"그래, 시이가 워낙 엄마 껌딱지였어야지."

이모와 삼촌의 말에 관심이 쏠렸다. 엄마가 평소에 가장 많이 하는 말을 꼽으라면 '청소해'였다. 주말이면 엄마는 아침부터 저녁까지 대청소를 했다. 늦게까지 텔레비전을 봐도, 친구들과 밤늦게까지 핸드폰으로 수다를 떨어도 크게 뭐라 하지 않았는데 유독 청소에 있어서는 깐깐했다. 청소는 마음을 다잡는 일이야. 꼬리처럼 따라오는 말이었다. 그런 엄마가 청소 도구에 손조차 못 대는 모습이 그려지지 않았다.

"왜 처음 김장할 땐 배추에 소금 한 포대를 다 쏟아부어서 소금 김치가 됐잖아. 내가 평생 그렇게 짠 김치는 먹어 본 적이 없어. 결국 장모님 김치로 그해 겨울을 보냈지."

이번엔 아빠였다. 내가 알기론 우리 집은 평생 대전 외할머니댁에서 김치를 가져다 먹었다. 엄마는 다른 요리는 다 하면서도 김치는 담그는 법이 없었는데, 아빠의 기억 속에는 내가 몰랐던 엄마가 있었다.

"그래도 다 지나가. 그러니까 시간 있을 때 가을이랑 시간 많이 보내."

이모는 다짐이 무색하게도 뒤늦게 가을이를 가졌다. 알면서도 어쩔 수 없다는 듯. 이해는 됐다. 가을이의 또랑또랑한 두 눈은 빠져들 듯 투명했고, 언니라고 부르며 다가올 땐 꼭 안아 주고 싶었다. 사랑을 책임진다는 것. 어른이 된다는 건 그런 일이었을까.

"나는 지금도 우리 딸이 제일 좋은걸. 시이가 있어서 얼마나 다행인지 몰라."

엄마의 말에 가슴이 간질간질했다. 중학교에 가면서 더 이상 학교에서 있었던 일들을 조잘조잘 얘기하지 않았고, 방에 들어가면 아무리 불러도 나가려 하지 않았다. 그런 나라도 엄마는 제일 좋다고 했다. 여섯 시간을 겨우 자며 일해도, 밀린 집안일을 하면서도 내가 있어서 다행이라고 했다.

은지의 잠옷을 입고 나는 스스로에게 물었다.

나는 얼마나 많은 사랑을 먹고 자랐을까.

윤월이는 얼마나 많은 사랑을 먹었을까.

은지는, 엄마는 얼마나 많은 사랑을 가졌던 걸까.

기억이 교차된다. 어쩐지 이 모든 삶을 먼저 살아온 은지가 조금 멀게 느껴진다. 은지도 엄마처럼 울고 싶었는지 모른다. 그러나 은지에겐 엄마가 없었다. 더 악착같이 버텼을 것이다. 누구보다 강인하게. 그때로 다시 돌아간다면, 은지는 그 선택을 후회하지 않을까. 그래도 윤월이가 있어서 행복했다고 말할까.

그날 이후로 우리는 길고 높은 계단을 몇 번 더 오르내렸다. 길어지는 해를 느끼고 차오르는 숨을 고르며. 저린 다리를 주무르며 쉬지 않고 얘기했다. 그럼에도 은지 집 한편에 자리 잡은 유골함은 익숙해지지 않았다. 다가가고 싶었으나 용기가 나지 않았다. 미워하고 원망하던, 은지가 가장 사랑했던 존재를 이제는 어떤 마음으로 대해야 할까. 시험 기간이 끝나도 결코 풀리지 않을 문제 같았다.

그 앞에 선 건 우연이었나. 아니면 마주할 마지막 기회라고 생각했던 걸까. 마지막 시험을 앞둔 전날, 잠깐 은지가 편의점에 다녀온다며 나를 두고 자리를 비웠다. 혼자 남은 은지의 집. 이끌리듯 시선이 그곳으로 향했다. 크게 심호흡을 하고 그 앞에 섰다. 사진 속에는 지금보다 더 앳되게 생긴 은지와 품에 꼭 안긴 윤월이가 있었다. 아이는 강아지 인형을 꼭 쥐고 있었는데, 부족함 없이 행복한 웃음이었다. 그런 윤월이를 은지는 사랑스러운 눈으로 바라보고 있었다.

색이 바랜 강아지 인형과 작은 유골함. 미래를 모르는 행복한 사진. 윤월이는, 나는 얼마나 많은 사랑을 먹으며 살아왔을까. 고작 일곱 살 난 아이에게 얼마나 많은 일이 일어났던 걸까. 은지는, 어떻게 살아왔던 걸까.

무시할 수 없이 알아간다. 은지. 은지. 입에 담을 일이 없을 것 같던 그 이름을 머금고 있으면 마음이 아득해진다. 나와 다르게 살아온 은지. 그리고 다르게 살아갈 우리. 은지는 나를 두고 앞을 향해 나아가는 듯했다.

✛

"대학에 가고 싶다고 했어."

테이블 위로 연초록색 커피콩이 우르르 쏟아졌다. 한바탕 손님이 들이닥쳐 정신없이 커피를 내리던 은지가 겨우 숨을 돌리다 말고 다시 손을 걷어붙였다. 나도 자연스레 은지와 마주 앉아 커피콩을 솎아 내기 시작했다.

"사회 복지사가 되고 싶다고 그랬거든. 그러려면 대학에 가야 하고."

"그래서?"

잠깐 생각을 하는 동안에도 은지의 눈과 손은 쉬지 않았다. 집중을 해서 그런지 오히려 속도가 더 빨라졌다. 은지와 달리 나는 한 번에 상한 콩을 구분해 내기가 쉽지 않았다. 하나하나 꼼꼼히 살피는데 노랗게 썩은 부분이 보였다. 상한 콩이었다.

"고등학교를 다니는 것보다 검정고시를 보는 편이 나을 거라고 하시더라."

"담임이?"

"응. 검정고시를 보고 수능을 따로 준비하는 게 어떻겠냐 그랬어. 내신보다는 수능 공부에 집중하는 게 좋대."

담임 선생님은 국어 과목을 담당하고 있었다. 필수 과목인만큼 우리 반 수업에도 자주 들어왔는데, 처음 인사를 나누던 날부터 반 아이들의 이름을 모두 외워서 부를 정도로 애정이 깊다는 걸 느낄 수 있었다. 그런 담임 선생님이 은지에게 검정고시를 제안했다는 사실이 선뜻 상상이 되지 않았다.

"… 은지 네 생각은 어떤데?"

"학교를 더 다니고 싶어."

은지는 짧고 단호하게 말했다.

윤월이를 만나기 전, 은지는 꿈이 없었다. 은지에게 중요한 건 현실이었다. 살아 있는 게 중요했고, 그러려면 돈이 필요했다. 취업을 위해 상업 고등학교에 진학했지만, 그렇다고 그쪽 일을 하고 싶지는 않았다. 학교를 다니는 동안 은지는 자기가 외딴 섬에 속한 바위 같다고 생각했다.

얼마 뒤, 열일곱 은지에게 윤월이 찾아왔고, 은지는 꿈이 생겼다. 좋은 엄마가 되는 것. 아이를 가졌으니 엄마가 되는 건 당연한 일이었지만, 은지는 비로소 삶의 목적을 찾은 듯했다. 은지가 자퇴하고 학교를 나오던 날, 이모의 마지막 말은 아이를 지우자는 것이었다. 더 늦기 전에 어떻게든 병원은 알아봐 주겠다고 했다. 은지는 크게 소리쳤다.

"제 아이예요! 제가 알아서 할 거예요!"

그 말에 책임이라도 지겠다는 듯, 은지는 집을 뺐고 이모와는 연락이 끊겼다. 어차피 월세를 여러 달 밀린 집은 보증금이 거의 남아 있지 않았다. 은지는 어디로 가야 할지 몰라 버스 정류장에 멍하니 앉아 있었다. 사람들이 앳된 은지의 얼굴과 부른 배를 곁눈질했다.

은지가 향한 곳은 서울에 있는 미혼모 센터였다. 그곳을 향한 것도 우연이었다. 버스를 다 보내고 한참을 버스 정류장에 앉아 있는 은지에게 한 아주머니가 다가왔다. 정류장 옆 식당에서 일하는 아주머니는 창밖으로 보이는 은지가 계속 신경 쓰여 말을 걸어온 거였다. 은지는 왈칵 울음을 터트렸고 처음 보는 사람에게 마음을 털어놓았다. 사정을 들은 아주머니는 만 원짜리 두 장을 쥐어 주며 말했다.

"파란색 버스를 타고 몇 정류장만 가면 미혼모 센터가 있단다. 잘 모르지만, 그래도 도움을 받을 수 있을 거야. 엄마잖아, 기운 내야지."

아주머니는 버스가 올 때까지 은지 곁을 지켰다. 그리고 버스에 올라타는 은지 뒤에서 괜찮을 거라 말했다. 은지는 그 말을 오래 곱씹었다.

"잘 왔어요."

사십 대 중반 정도 되어 보이는 여성이 은지의 손을 잡았다. 센터에서 일하는 사회 복지사 선생님이었다. 은지는 그때의 온기를 아직도 잊지 못한다고 했다. 선생님은 은지의 차가운 손이 따스해질 때까지 손을 놓지 않았다. 열일곱 은지는 내내 눈물을 흘렸다. 그때 은지는 처음 들을 수 있었다. 괜찮을 거란 말도, 잘 왔다는 말도.

"어쩌면 그때 많이 울어서, 지금 이렇게 말할 수 있게 되었는지도 몰라."

지금은 덤덤한 은지의 과거는 얼마나 많은 것이 엉켜 있었던 걸까. 나는 어떤 표정을 지어야 할지 몰라 커피콩을 더 유심히 봤다. 사회 복지사 선생님은 모든 걸 알고 있는 표정이었다고 했다. 은지가 어떤 상황인지, 어떻게 여기까지 오게 되었는지. 은지는 따듯한 이해 속에서 모든 이야기를 털어놓았다. 은지의 이야기가 끝난 뒤 테이블에는 눈물 젖은 티슈가 한가득 쌓여 있었다.

사회 복지사 선생님이 말했다.

"오늘부터 여기서 지내요. 내일은 같이 입소에 필요한 서류를 발급받으러 가고요. 이름이 고은지라고 했지? 여기 머무는 동안 내가 편하게 말해도 될까? 나는 다들 은정쌤이라고 불러."

"네, 은정쌤."

"좋아. 괜찮아. 잘 될 거야."

은정쌤은 은지를 데리고 3층 생활관으로 올라갔다. 엘리베이터 문이 열리자 방문이 여러 개 보였고 가운데에는 큰 거실이 있었다. 생활관에서 생활하는 사람은 모두 세 명이라고 했다. 은지 같은 청소년 미혼모도 있고, 가정폭력 피해 여성도 있었다. 은지가 머물게 될 방은 가장 오른편에 있었다. 매트리스는 푹신했고, 이불에서도 좋은 냄새가 났다. 마치 은지가 오기만을 기다리고 있었다는 듯 방바닥은 따끈따끈했다.

"혹시 몰라서 아까 보일러를 틀어놨어. 지내기 괜찮겠지?"

"감사해요."

"은지야, 무슨 일이 있어도 우리들은 네 선택을 지지할 거야. 오늘은 첫 만남이라 생각하자."

은정쌤이 은지의 어깨를 살포시 안았다. 은지는 또 눈시울을 적셨다. 은정쌤의 말에는 아이를 입양 보내야 할 수도 있다는 의미가 담겨 있다는 걸 은지도 알고 있었다. 그날 은지의 밤은 무척 길었다. 아무리 힘들어도 입양을 보내지 않겠다는 다짐과 동시에 마주한 현실이 두려웠다. 마음이 녹았다 얼어붙기를 반복했다.

·<del>|</del>·

문에 달린 풍경이 요란하게 울었다. 삼십 대로 보이는 남성 몇 명이 웃으며 카페로 들어왔다. 은지는 자리에서 일어나 카운터로 향했다. 손님은 오랜만에 만난 친구들인 듯 서로를 향해 반가움을 내보였다. 계산도 서로 하겠다며 카드를 내밀었다. 주문을 받은 은지의 손놀림이 바빠졌다. 레시피대로 계량을 하고, 얼음을 믹서에 갈고, 에스프레소를 뽑고, 카페 안에 원두 향이 가득 찼다. 음료가 준비되자 은지가 밝은 목소리로 손님들을 불렀다.

"주문하신 음료 나왔습니다. 맛있게 드세요."

곧바로 다른 손님들이 카페를 찾았다. 이번엔 대학생으로 보이는 사람들이었다. 은지가 친절하게 손님들을 맞았다.

"어서 오세요. 주문하시겠어요?"

은지는 방금까지 하던 이야기를 잊은 듯 미소 지었다. 나는 커피콩을 고르며 은지의 말을 곱씹었다. 사회 복지사가 되고 싶다는 은지. 모든 것을 잃어도 다시 꿈을 꾸는 은지.

밀려왔던 손님들이 우르르 빠져나가자마자 은지는 컵들을 깨끗하게 설거지했다. 마른행주로 물기까지 닦아 내고 주변도 정리했다. 꼼꼼히 뒷정리하는 은지의 손이 붉게 부르터 있었다. 틈틈이 핸드크림을 바르라고 사장님이 잔소리했지만, 은지는 별로 신경 쓰지 않는 눈치였다. 괜찮아. 어차피 또 물 묻으면 다 씻겨 사라지는데 뭐. 그렇게 말하는 은지 손을 보며 나는 스스로에게 물었다.

나는 무언가를 하기 위해 최선을 다한 적이 있었나.

진짜 내가 하고 싶은 건 뭘까? 어디로 가는지도 모르고 무작정 걷다 보면 길을 찾을 수 있을까? 적당히 현실과 타협하는 어른이 되는 것은 아닐까? 나는 왜 학교를 그만두려 할까? 내가 꿈꾸는 학교 밖의 모습은 도대체 어떤 것이었을까? 부르튼 은지의 손이 현실일까? 과연 내 선택을 끝까지 후회하지 않을 수 있을까?

뒷정리를 마치고 자리로 돌아온 은지가 내게 물었다.

"시이는 진로 희망서에 뭐라고 썼어?"

"… 모르겠어."

진심이었다. 어른이 된다는 게 무엇을 의미하는지 알 수 없었다. 엄마는 이 모든 걸 알면서도 내 선택을 지지해 준 걸까. 그동안 엄마의 말이 옳다고 생각했는데, 어쩌면 아닐 수도 있다는 생각이 들었다. 은지가 걸어온 삶이 말해 주고 있었다. 어른이 된다는 건 선택에 책임을 지는 거야. 아무리 힘들어도 물러설 수 없는 책임을.

가슴이 무겁게 내려앉았다. 굳게 믿어 오던 마음을 의심한 순간이었다.

#타오르는_마음

시간이 해결해 준다는 건 무슨 뜻일까. 아무것도 하지 않아도, 먹고 자고 숨만 쉬는 그런 삶을 살아도 시간이 해결해 주는 걸까. 어른들은 종종 말했다. 시간이 흐르면 다 괜찮아진다고. 도대체 얼마만큼의 시간이 흘러야 하는 건가요. 그 시간이 너무 오래 걸리면 어떻게 하나요. 묻고 싶었지만 두려웠다. 나 스스로도 그 시간을 가늠할 수 없어서.

그런데 그 말이 은지의 입에서 나왔을 때, 나는 울컥 화가 치밀어 올랐다. 왜 하필 은지였을까. 어두운 방, 침대에 누워 생각한다. 나는 왜 은지에게 그렇게 화를 냈을까. 눈이 어둠에 익숙해진다.

천장에 그려진 무늬가 보인다. 격자무늬다. 은지는 왜 내가 화를 내도 아무 말 하지 않았을까. 격자무늬와 격자무늬가 서로 얽혀 있다. 무늬가 겹치는 지점이 새로운 무늬를 만들어 낸다. 선을 따라가다 보니 계단처럼 보이기도 한다. 슬펐을까. 은지는.

슬펐다면 은지는, 나는, 무엇이 그렇게 슬펐을까?

＋

평소와 다르지 않은 날이었다. 아침 일찍 일어나 씻고 미리 빨아둔 생활복을 입었다. 단추 구멍이 맞지 않아 신경 쓰였던 교복은 어느새 기억 저편으로 사라져 있었다. 날이 따뜻해지면서 학교에도 교복 대신 생활복을 입고 다니는 친구들이 많아졌다. 교실에 들어섰을 땐 먼저 온 은지와 자연스럽게 눈인사를 했다. 아침부터 수다를 떠는 아이들 틈에서 은지와 나는 각자 자리를 정리하고 수업 준비를 마쳤다.

점심에는 치킨가스가 나왔다. 고등학교에 와서 가장 마음에 든 것 중 하나가 식단이었다. 사립 고등학교여서 그런지 몰라도 중학교 때보다 메뉴가 더 다채롭고 양도 많았다. 치킨가스도 내가 좋아하는 메뉴 가운데 하나였다. 적당하게 튀긴 치킨가스와 타르타르 소스는 밥을 남기지 않고 먹을 수 있을 정도로 맛있었다. 너무 급히 먹느라 입천장이 살짝 까졌지만 아프지 않았다. 은지도 내가 먹는 속도에 맞춰 점심을 먹었다. 시간이 좀 남아서 학교 운동장을 돌며 사소한 이야기도 나눴다.

"오늘은 어떤 음료 가져왔어?"

"아이스 아메리카노. 낮이 되니까 조금 덥기도 하고 무엇보다도 졸리더라고. 너도 좀 나눠 줄게."

"고마워."

은지 말대로 5교시부터 슬그머니 눈이 감겼다. 대놓고 잘 수는 없어서 턱을 괴고 고개를 살짝 창가로 돌린 뒤 눈을 감았다. 저 멀리서 바람에 이는 나뭇잎 소리가, 그보다 조금 더 크게 짹짹거리는 새소리가 들렸다. 나른한 봄날의 오후였다. 창문을 모두 열고 얇은 이불을 덮은 채 잠들고 싶은 그런 날.

"오늘은 15번 안명우, 16번 윤시이 진로 상담이니까 학교 끝나고 잠깐 남아 있어. 자율학습하는 애들은 신청서 내는 거 잊지 말고. 그럼 내일 보자."

담임 선생님의 종례까지 학교에서의 일과가 또 끝났다. 진로 상담 때문에 은지와 함께 카페에 갈 수 없었다. 짐을 주섬주섬 정리하던 은지가 카톡을 보내왔다.

[이따 진로 상담 끝나고 카페에서 봐.]

[응. 금방 갈게.]

은지는 조용히 이를 드러내고 웃었다. 살짝 올라온 덧니가 귀엽게 느껴졌다. 핸드폰을 확인한 은지가 눈인사를 건네며 먼저 교실을 빠져나갔다. 은지와 비밀 친구로 지내며 우리 사이엔 일종의 규칙이 생겼다. 하고 싶은 말이 있으면 먼저 눈짓을 했고, 눈이 마주친 다음 손바닥을 들어 보이면 핸드폰을 확인하라는 신호였다. 늘별 내용은 없었다. 대화창에는 귀여운 고양이 영상이나 가벼운 장난이 오갔다. 눈을 맞추고 손을 보기. 그렇게 우리는 다른 이들의 눈을 피해 끝없이 대화를 이어 나갔다.

명우가 돌아오길 기다리며 멍하니 교실에 앉아 있었다. 자율학습을 신청한 애들은 대부분 인강을 듣고 있었다. 종례 후에는 공부하는 친구들만 남아서 시끄럽게 떠드는 사람도 없었다. 공기는 차분했고 한편으론 적막했다. 중학교 때까지만 해도 축구 하는 남자애들로 시끄럽던 운동장은 이제 빠르게 교실로 들어가는 지름길 정도가 되어 버린 것 같았다.

"윤시이, 내려 오래."

명우가 교실 문을 열고 들어오며 소리쳤다. 명우는 알 수 없는 애였다. 무뚝뚝한 표정에 딱 필요한 말만 하는 타입이었는데 그럼에도 반 애들과 두루두루 잘 지냈다. 그렇다고 아예 말을 안 하는 것도 아니었다. 다른 애들과 말을 섞지 않는 나도 명우와는 얘기를 나눠 본 적이 있을 정도니까. 물론 아주 사사로운 것들이었다. '시험 범위 알아?', '마커 있어?' 같은 친하게 지내는 애들한테 물어봐도 될 것들을 스스럼없이 내게 물어보는 애. 그러나 그 이상 다가오는 법은 없었다.

가방에 든 진로 희망서를 꺼내 들었다. 너무 오랫동안 가방에 넣어 놔서 주름이 제멋대로 나 있었다. 담임 선생님은 자신의 꿈 정도는 직접 손으로 써 보라며 굳이 인쇄를 해 주었다. 어쩌면 그게 날 더 힘들게 했는지도 모른다. 손으로 쓰는 글씨에는 마음이 담기게 마련이니까. 작지만 획과 획이 두꺼운 내 글씨는 누가 봐도 꾹꾹 눌러쓴 흔적이 역력했다.

선생님은 교무실 안에 있는 작은 회의실에 앉아 있었다. 똑똑, 노크를 하고 안으로 들어섰다. 다정함과 피곤함이 적절히 섞인 목소리로 선생님이 물었다.

"그래. 진로 희망서 작성해 왔니?"

가끔 일에 지친 은지도 선생님과 비슷한 목소리를 내곤 했다. 친절해야 하지만 더 이상 친절해지기 힘든 그런 상황에서 최선을 다하는 것이었다. 짜증 난 표정을 지을 법도 한데 그래도 끝까지 미소를 잃지 않는 은지가 대단하다고 생각했다. 선생님도 마찬가지로 노력하는 걸까. 그때 선생님의 입에서 예상치 못했던 말이 튀어나왔다.

"시이는 학교생활은 잘하고 있니?"

"네?"

무슨 뜻이었을까. 어떤 의도로 묻는 건지 몰라 당황하고 있는데 선생님이 말을 이었다.

"선생님이 보기엔 시이가 다른 친구들과 잘 어울리지 못하는 거 같아서."

선생님은 나를 빤히 쳐다보았다. 감정이 느껴지지 않는 눈이었다. 순간, 고개를 들 수 없을 정도로 창피함이 몰려왔다. 비록 은지랑 드러내놓고 친하게 지내진 않았지만, 조금만 관심을 가졌다면 충분히 눈치챌 수 있었을 것이다. 그렇기에 선생님의 물음은 마치 '평범한 학생'과 어울리지 않는다는 말처럼 들렸다.

"괜, 괜찮은데요."

다소 떨리는 목소리였다. 단호하게 말하지 못하는 모습이 한심했다. 짧은 사이 수많은 생각이 스쳤다.

'은지와 저는 친구예요. 저는 지금이 좋아요. 그렇게 말하지 마세요.'

그러나 괜찮다는 말만 나왔다.

"그런데 가만 생각해 보면 고등학교 생활도 인생에 딱 한 번밖에 없는 소중한 시간이잖아."

"……."

"선생님은 시이가 다른 친구들한테도 좀 더 마음을 열었으면 좋겠어."

얼핏 듣기엔 친절하고 다정한 말이었다. 하지만 그 안에 내 마음은, 내가 마주한 현실은 어디에도 담겨 있지 않았다.

'선생님이 절 알아요? 우리 엄마가 선아동 트럭 사고의 희생자인 건 알아요? 장례를 치르고 다시 학교로 돌아왔을 때 절 보던 애들의 눈빛을 선생님이 봤어요? 선뜻 다가서지 못하고 피하고 싶어 하는 그 눈빛, 알고 있냐고요?'

그러나 이번에도 목소리가 나오지 않았다. 그저 이 순간이 빨리 끝나길 바랄 뿐이었다. 어쩌면 그때부터 나는 화가 나 있었는지도 모른다. 땅속에서 잠을 자다 기어이 비집고 올라오는, 전혀 사랑스럽지 않아서 밟아 없애 버리고 싶은 감정의 싹. 낌새가 이상했는지 선생님이 화제를 돌렸다.

"따로 생각한 직업이 없다고 적었네?"

"……."

"원하는 대학은 있니? 이것도 빈칸으로 됐구나."

"학교를 그만두고 싶어요."

선생님은 말이 없었다. 고개를 숙이고 있어서 표정을 살피지 못했지만, 생각이 많아진 모양이었다. 선생님은 내가 순간의 감정을 이기지 못하고 내뱉은 말인지, 진심으로 학교를 그만두고 싶어 하는지 가늠했다. 사실 둘 다였다. 오랫동안 생각해 오기도 했고, 감정을 이기지도 못했다.

"엄마한테 말씀드렸어요. 아빠한테도요."

"부모님은 뭐라고 하셨니?"

"엄마는 아빠를 함께 설득해 보자고……."

"그런데 가족 관계상으로는……."

차마 말이 더 나오지 않았다. 엄마는 분명히 말했고 나 역시 분명히 들었다. 그러나 그건 이제 나만의 기억이었다. 엄마는 더이상…….

"아버지만 계시다고 나와 있는데, 자퇴를 하려면 아버지 동의가 필요해."

선생님 말은 현실이었다. 나는 입술을 꽉 깨물었다. 감정에 휩싸여 어쩔 줄 모르는 모습이 꼴사나워 울고 싶지 않았다.

'저도 알고 있어요. 알고 있는데 어떡해요. 아무것도 말하기 싫고 말할 수도 없는 이런 마음을 선생님은 가져 본 적 있어요? 순식간에 엄마 없는 애가 되고, 온 세상에 까발려지는 이 기분을 알아요? 꼭 그렇게 확인시켜야 했나요?'

꺼내지 못한 말이 머릿속을 맴돌았다. 어찌나 이를 악물었는지 턱이 아파 왔다.

눈앞이 흐렸다. 눈을 깜빡이면 분명 눈물이 흘러내릴 것이다. 애써 마음을 잡으며 버티고 또 버텼다. 눈물을 참는 것 외에는 아무 생각도 나지 않았다. 담임 선생님도, 엄마도, 아빠도, 은지와 했던 약속도. 더 이상 학교를 그만두고 싶다는 마음도 타오르지 않는 듯했다. 나는 선생님 눈에는 그저 학교생활에 적응하지 못하고 자기 선택에 대해 제대로 설명조차 하지 못하는 어린애일 뿐이었다.

"선생님도 너 같은 친구들 많이 봤어. 근데 결국 다 후회하더라. 그러니까 선생님 말은……."

선생님 목소리가 점점 작게 들렸다. 선명했던 바람 소리가, 새소리가 모두 아득했다. 지금까지 살아오면서 얼마나 많은 걸 엄마에게 의지해 왔던 걸까. 먹기 싫은 아침 식사도, 잘 다려진 교복도, 매일 반복적으로 다녀야 하는 학교가, 그런 것들이 싫어 꿈꿨던 자유로운 일상이, 그 모든 것이 엄마의 품이었기 때문에 가능했다. 그리고 지금은, 엄마가 없는 지금은 모두 내 힘으로 해내야 한다. 하지만 과연 이게 맞는 길일까. 엄마가 없는 나는, 어떻게 되는 걸까.

이럴 거면 차라리 아무것도 되고 싶지 않아.

"힘들면 다음에 얘기하자. 일단 오늘은 돌아가렴."

선생님이 들고 있던 진로 희망서를 아무렇게나 내려놓으며 말했다. 아까보다 더 피곤한 목소리였다. 마음 같아선 그곳을 뛰쳐나가고 싶었다. 그러나 현실은 무거운 다리를 이끌고 천천히 그곳을 빠져나올 뿐이었다.

‐‖‐

교무실을 빠져나오자 도망치듯 달렸다. 이미 도망쳐 온 학교였다. 아무도 나를 모르길 바랐다. 하지만 현실은 도망칠 수 없었다. 그래서 더 멀리 사라지고 싶었다.

숨이 턱 끝까지 차오르도록 달렸다. 소리를 지르고 싶었다. 어디에든 답답한 마음을 토해내고 싶었다. 누가 보든 상관없었다. 그럼에도 부끄러웠다. 말 한마디 못하는 내가 견딜 수 없이 싫었다. 그래서 더 숨차게 달렸다. 버스 정류장 하나를 지나고 둘을 지났다. 익숙한 길이었지만 모든 게 생경했다. 나무도, 간판도, 길거리를 오가는 사람들도. 누구도 나와 같은 속도로 같은 곳을 향하지 않았다.

겨우 아파트 입구에서 헐떡이며 숨을 돌렸다. 엘리베이터를 기다리는데 서 있기 힘들 정도로 다리가 떨렸다. 목에서 피 맛이 올라와 침을 여러 번 삼켰다. 현관문이 거세게 닫혔다. 쾅! 귀에 잔상이 남았다. 쾅, 콰앙, 아아, 아. 천천히 호흡이 돌아오고 머리가 깨어나는 느낌이 들었다. 거실에 그대로 주저앉았다. 텅 빈 아이보리 소파. 반쯤 걷힌 연녹색 암막 커튼. 현관을 마주 본 채 걸린 가족사진. 켜지 않은 형광등. 인기척 없는 방. 차갑게 식은 바닥과 물기 없는 싱크대. 흠집 하나 없는 세라믹 탁상. 시들어 버린 꽃. 그 옆에 먼지 쌓인 작년 9월호 잡지. 어디에 시선을 두어도 엄마가 없었다. 어디에 시선을 두어도 엄마를 떠올릴 수밖에 없었다.

종아리가 당겼다. 목에서 자꾸 피 맛이 났다. 울컥. 헛구역질이 나왔다. 엄마가 늘 앉던 아이보리 소파에 겨우 올라가 누웠다. 그대로 눈을 감았다.

　　　　　　　　　　　＋

[시이야, 오늘은 카페 안 와?]

[무슨 일 있어?]

진동이 연거푸 울렸다. 은지였다. 그제야 진로 상담 마치고 카페로 가겠다던 약속이 떠올랐다. 한참을 망설이다 답장을 보냈다.

[몸이 안 좋아서 쉬려고.]

답장을 하고 툭 핸드폰을 바닥에 던져 놓았다. 모든 게 귀찮았다. 눈을 감았다. 생각이 튀어 올랐다.

차라리 끝까지 몰랐다면.

엄마도 사실 내가 다른 친구들처럼 평범하게 자라길 바랐다. 내가 자퇴 얘길 꺼냈을 때 엄마는 곧바로 대답하지 않았다. 그건 엄마가 바라던 모습은 아니었다. 그럼에도 날 믿어 주겠다고 했다. 엄마마저 응원하지 않으면 아무도 응원하지 않을 테니까. 그런데도 난 내 선택이 옳다고 믿었다. 그래서 엄마가 나를 지지하는 거라고 생각했다.

차라리 이 모든 걸 몰랐다면.
끝까지 모를 수 있었더라면.

엄마가 있었다면 나는 끝까지 몰랐을까. 믿어 주는 마음을 당연하게 여겼을까. 언제나 옳은 선택이었다고 의심하지 않으며 살아갔을까. 평범하지 않아도 충분히 사랑받았을까.
지이잉. 지이이잉.
진동에 바닥이 울렸다. 움직이고 싶지 않아 무시했다. 지이이잉. 지이잉. 진동이 끊임없이 이어졌다. 거슬리는 소리에 머리가 지끈거렸다. 몸을 일으켜 던져 놓은 핸드폰을 집어 들었다. 액정에 이름이 떠 있었다. 고은지. 지이잉. 지이이잉. 받을까, 말까. 그치지 않는 진동에서 받을 때까지 포기하지 않겠다는 고집이 느껴졌다. 신경질적으로 통화 버튼을 눌렀다.

- 여보세요? 시이야?

- 응.

- 어디 많이 아파?

- 아냐. 그냥 좀 피곤해서.

특별히 아픈 곳은 없었으나 피곤한 건 사실이었다. 쏟아지는 감정에 기운이 빠지고 집까지 뛰어오느라 다리도 아팠다. 핸드폰을 잡은 손이 떨리고 있었다. 힘을 주지 않으면 그대로 놓쳐 버릴 것 같았다.

- 정말 목소리가 안 좋네.

- …….

은지가 걱정스러운 목소리로 말했다. 진심일 게 분명한데 고맙지 않았다. 내가 어떤 하루를 보냈는지 짐작이나 할까. 은지의 걱정이 한없이 가볍게 느껴졌다. 고작 그 정도가 아니었다. 괜찮냐는 말로 위로받을 마음이 아니었다.

- 시이야?

- …….

- 울어?

은지의 말에 진짜 울음이 터져 나왔다. 도망쳐 온 감정이 선명하게 드러나는 느낌이었다. 슬픔이었다. 오늘 하루가, 내 마음이. 엄마가 없는 나는 슬픔 속에 살아가고 있었다. 은지가 당황한 목소리로 말했다.

- 내가 갈게. 너희 집 앞으로 갈게. 314동 맞지? 금방 갈게.

전화가 끊어진 뒤 나는 한참을 울고 나서야 정신을 차렸다. 그제야 은지의 말이 떠올랐다. 우리 집 앞으로 오겠다는 말. 아직 시간은 아르바이트가 끝나기 전이었다. 초침은 쉬지 않고 흘렀다. 은지가 올 거라 기대하지 않았지만, 조금은 기다려졌다. 은지라면 내 마음을 알아줄지 모른다는 얄팍한 기대감도 있었다.

╬

"시이야, 시간이 흐르면……."

은지의 목소리가 들린다. 스물다섯의 목소리라기엔 너무 여리다. 하지만 차분한 어조와 또박또박 발음은 그녀가 살아온 인생을 짐작게 한다. 그게 사실이라고, 진짜라고 말하는 것 같다. 하지만 나는 받아들이기 어렵다.

"그런 게 아니고, 시이야……."

당혹감과 불안함이 느껴진다. 그녀의 이야기를 더 듣고 싶지 않다. 내가 무슨 말을 내뱉었는지는 기억나지 않는다. 다만 내게 상처를 준 그녀의 말만 기억에 남아 여전히 가슴 아프게 한다.

"그런 뜻이 아니야. 아니야. 시이야……."

그 말에 내가 뭐라 답했더라.

"아니긴 뭐가 아냐? 너도 내가 아직 어려서 뭘 모른다고 생각하는 거잖아. 불쌍해서 동정했던 것뿐이잖아!"

아니, 더 날카롭게 말했나.

"너는 네 마음대로 살 수 있으니까 그런 얘길 하는 거잖아. 왜 아직 여기 있는 거야? 이제 널 붙잡는 사람은 아무도 없는데 떠나지 않고."

내가 정말 그런 말을 했을까? 은지는 차마 입을 떼지 못하고 동그란 눈을 이리저리 굴리기만 했다. 그렇게 나를 보며 한참을 서 있었나, 아니면 곧바로 등을 돌리고 돌아갔던가. 기억이 정확하지 않다.

"시이야. 바보 같은 말이지만 시간이 해결해 주는 것도 있어. 난 그렇게 믿어."

은지의 말이었다. 아파트 화단에서 일어서며 말했던 것 같다. 아니, 정확히 언제 그 말을 했더라. 나는 쌓아 두었던 말을 아무렇게 쏟아냈다. 언성이 높아지고 참을 수 없을 만큼 화났다. 말은 생각을 거치지 않고 가슴에서 튕겨져 나갔다.

"시간이 흐른다는 게 뭔데? 얼마나 흘러야 하는데? 성인이 될 때까지? 우리 엄마 일을 모두가 잊을 때까지? 은지 너는 모르겠지. 너는 이미 잊었으니까. 네 마음대로 학교도 다니고 떠나고 싶을 때

떠날 수 있으니까. 난 그렇지 않아. 앞으로 뭘 해야 할지도 모르겠고, 설령 하고 싶은 게 있어도 혼자서는 결정도 하지 못해. 이젠 내가 엄마에게 말했던 것들이 진짜인지도 모르겠어. 시간이 흐르면 다 해결된다고? 네가 어떻게 내 마음을 다 알아? 넌, 넌 그럼 다 괜찮아? 윤월이가 없어도?"

얼마나 잔인한 말이었던가.

넌, 넌 그럼 다 괜찮아? 윤월이가 없어도?

다시 머릿속에 울린다. 시이야, 그게 아냐. 그런 게 아냐……. 목소리가 아득하다. 은지에게 모든 마음을 내던져서, 기억까지 옮겨 간 걸까. 은지는 어떤 표정이었더라. 천장 벽지에 있는 무늬의 개수를 세어 본다. 하나, 둘, 셋…, 스물……, 정말 내가 은지에게 그렇게 말했을까. 나는 은지에게 진짜 그런 말이 하고 싶었던 걸까. 문득 은지네 집에서 본 쪽지 위의 글이 떠올랐다.

사람은 왜 타인이 될 수 없을까.

나는 왜 네가 될 수 없을까.

차라리 우리의 삶이 거기에서 함께 끝났다면 어땠을까.

그 쪽지를 몰래 읽었을 때, 등이 서늘했다. 언젠가 은지가 독백처럼 말한 긴 꿈이 떠올랐다. 먼 허공을 응시하는 눈. 돌이킬 수 없는 시간을 온몸으로 체감하며 버티는 사람의 눈. 그런 눈으로 은지는 말했다.

"윤월이를 가졌을 때, 후회하지 않았어. 부족하지만 윤월이를 위해 모든 걸 할 수 있을 것 같았어. 서툴게 요리하고, 안아 주고, 집을 정리하고……. 도저히 어떻게 하는 건지 모를 때면 놀이터에 나온 엄마들을 봤어. 아이가 넘어지면 옷을 털어 주고 울면 안아 주는 모습을 보면서 똑같이 따라 했어. 그게 내가 할 수 있는 전부였어.

그런데 윤월이를 낳은 후 거의 매일 같은 꿈을 꿨어. 깨기 전까지 꿈이라는 걸 알 수 없을 정도로 생생한 꿈이었어. 나는 교복을 입고 있었고 고등학생이었어. 열여덟, 열아홉, 심지어 스무 살 이후에도 계속 그 꿈을 꿨어. 아이가 부르는 소리에 꿈에서 깨면, 어린 윤월이를 안고 그 꿈을 되뇌었어. 윤월이의 웃는 모습은 세상 그 무엇보다 빛나고 아름다웠지만, 교복을 입은 내 모습이 기억에서 떠나지 않았어. 윤월이는 윤월이의 삶을 살고 있는데, 내 삶은 어디에 있는 걸까. 윤월이한테 미안했지만 그 생각을 멈출 수 없었어. 그래도 과거를 후회해선 안 된다고 스스로를 다잡았어. 후회하지 않는 게 윤월이를 사랑하는 방법이라고 생각한 거야. 악착같이 버텼지.

그런데 윤월이가 떠난 후엔 모든 게 후회됐어. 입양을 보냈다면 사고를 당하지 않았을 텐데. 훨씬 사랑받으면서 자랐을 텐데. 내가 키우겠다고 해서, 내 아이라고 고집부려서 벌을 받은 거야.

그래서 다시 학교로 돌아왔어. 아무 일도 없었던 것처럼 다시 시작하고 싶어서. 바보 같은 짓인 거 알아. 그런데 이렇게라도 하지 않으면 견딜 수 없었어. 아무리 이기적이라 해도……."

이후 쪽지를 본 걸 후회하기도 했다. 은지의 마음을 알게 될수록 은지와 멀어지는 기분이 들었으니까. 은지의 마음 같은 거, 모른 척 지나가야 했다. 그래야 평범한 친구로 지낼 수 있었으니까. 그러면서 나는 은지가 날 이해할 수 있을 거라 기대했다. 네가 윤월이를 사랑하는 것처럼, 나도 엄마를 사랑했다고. 너도 엄마니까 알고 있지 않냐고. 너도 엄마였으니까…….

하지만 나는 다르게 말했다. 난 너와 다르게 아무렇지 않은 척하기 힘들다고. 시간 따위로 해결될 일이 아니라고, 평생 아파하게 될 거라고. 괴로워 미칠 것 같지만 겨우 버티고 있는 거라고. 나는 꼭 그렇게 말했어야 했을까. 은지를 이해하지 않으면서, 은지에게 이해받고 싶었던 걸까.

무늬의 개수를 예순 개까지 세다 멈추고 눈을 감았다. 벌레가 기어다니는 것처럼 잔상이 남았다. 서늘함에 몸을 웅크리고 이불을 머리끝까지 끌어 올렸다.

'네가 어떻게 내 마음을 다 알아?'

메아리처럼 내 말이 울렸다. 우리는 정말 서로 아무것도 모르고 있었다. 각자의 아픔도, 서로의 아픔도. 후회하는 마음이 들었지만 이미 늦어 버린 듯했다.

#에스프레소

학교에 가고 싶지 않았다. 아침부터 아픈 척을 하며 요령을 부렸지만 스스로를 속일 수는 없었다. 새벽부터 일을 나간 아빠에게 전화해 학교를 하루 쉬고 싶다고 말할 용기도 없었다. 다시 몸 여기저기를 살펴봤지만 역시나 아픈 곳은 없었다. 부은 눈두덩이를 손바닥으로 지그시 눌렀다.

평소보다 가방이 묵직하게 느껴졌다. 몸도, 마음도 무거워 발을 떼기 어려웠다. 학교에선 은지와 눈을 마주칠 수 없었다. 점심도 따로 먹었다. 혹시나 은지가 먼저 다가오지 않을까 밥을 먹는 내내 주변을 살폈으나 은지는 보이지 않았다. 종례 시간이 다가올수록 공기마저 무거워졌다. 매번 학교를 마치고 카페에 가는 일이 기다려졌는데, 지금은 미룰 수 있다면 언제까지고 미루고 싶었다. 은지가 먼저 일어나 밖으로 나섰다. 나도 가방을 챙겨 들었다. 교문 밖으로 나설 때까지 은지는 한 번도 뒤를 돌아보지 않았다. 그런 은지의 멀어지는 뒷모습을 보며 버스 정류장에 섰다. 모든 게 이미 늦어 버린 듯했다.

'넌, 넌 그럼 다 괜찮아? 윤월이가 없어도?'

내뱉은 말이 돌고 돌아 결국 내 마음을 찔렀다. 시간이 지나면 지날수록 내가 한 말들이 기억 속에서 선명해졌다. 나는 매우 날서 있었고, 은지의 약한 곳만 골라 일부러 더 상처 냈다.

집에 돌아와 은지와 나눈 카톡 내용들을 다시 살펴봤다. 수업 시간에 나눈 잡담부터 웃긴 사진, 귀여운 이모티콘들까지. 별 내용은 없었다. 어차피 학교가 끝나면 카페에 가서 한참 수다를 떨었으니까. 그렇게 생각하니 은지와 내가 나눈 카톡은 영락없는 고등학교 1학년들의 장난기 가득한 대화였다.

핸드폰을 만지작거리다 습관처럼 기사를 검색했다. 선아동 사고 뉴스와 댓글들, 첨부된 링크를 타고 가다 결국, 그 영상까지 닿았다. 몸도 제대로 가누지 못한 채 옆으로 쓰러져 울고 있는 여성. 모자이크 뒤로 보이는 까만색 상복. 괴성에 가까운 울음소리가 고막을 찔렀다. 누군가 그녀를 달랠 법도 한데 주변에는 아무도 없다. 아주 작은 빈소에 그녀 말고는, 은지 말고는 정말 아무도 없다. 그녀는 혼자다.

그냥 날 불쌍하게 생각하면 안 될까?

열다섯에 어머니를 잃고 은지는 슬펐을 것이다. 고등학교 입학 무렵 아버지가 정신병원에 입원했을 때도, 그 뒤로 연락이 끊겼을 때에도 은지는 슬펐을 것이다. 그리고 은지는 시간이 해결해 줄 거라 말했다. 그건 은지가 들었던 말이었을까? 부모님을 떠나보내고 윤월이를 가졌을 때도, 상복을 입고 아이 장례를 치를 때도, 은지는 그 말에 위로를 얻었을까? 그래서 그런 말을 했던 걸까?

넌 벌써 괜찮은 거냐고. 난 이렇게 아픈데 넌 괜찮은 거냐고. 어떻게 그럴 수 있느냐고.

나는 은지의 가장 큰 상처를 건드렸다. 용서받을 수 없을지도 모른다. 그런 생각이 들면 쉽사리 말을 건넬 용기는 나지 않았다. 등굣길마다, 점심시간마다, 먼저 일어서는 은지의 뒷모습을 볼 때마다, 핸드폰을 만지작거리며 잠들 때마다 은지에게 할 말을 연습하고 또 연습했다. 그러나 막상 은지를 보면 아무 말도 나오지 않았다. 숨이 막힐 정도로 답답한 날들이 며칠이고 반복됐다.

-¦-

어떻게 시간이 흘렀을까. 진로 상담을 모두 마친 다음 날, 담임 선생님이 종례 후 나를 따로 불렀다. 교무실까지 가는 길, 복도가 길게 느껴졌다. 담임 선생님은 자리에 앉아 업무를 보고 있었다. 가까이 다가가자 일을 멈추고 내 쪽으로 몸을 돌렸다.

"왔니? 시이 요즘은 마음이 어떻니?"

"……."

담임 선생님의 말투는 전보다 부드러웠다. 내 기분을 살피려는 듯 고개를 내밀고 눈을 마주치려 노력했다. 내 시선은 신발 끝을 향했다. 선생님은 걱정스럽게 말을 이었다.

"기운이 없어 보이네. 요즘 시이를 보면 선생님은 걱정이 들어."

"……."

"지난번에는 선생님이 미안했어. 시이가… 그러니까… 시이도 분명 생각한 바가 있을 텐데 제대로 물어보지 못했던 것 같아. 그래서 다시 얘기해 보려고 부른 거야. 다시 얘기할 수 있을까?"

"네……."

기분이 이상했다. 내가 은지를 신경 쓰는 동안 선생님은 나를 신경 쓰고 있었다. 선생님을 미워하기도 했다. 그런 말을 듣지 않았다면, 은지에게 화내지 않았을 테니까. 그러나 선생님의 사과는 마음을 누그러트렸다.

"그러니까 시이는 대학에 갈 생각이 없는 거지?"

"네."

"지금 다니는 학교도 그만두고 싶고?"

고개를 끄덕였다. 선생님은 구겨진 진로 희망서에 시선을 둔 채 잠시 말을 멈췄다.

"혹시 학교를 그만두려는 특별한 이유가 있니?"

"그냥 빨리 어른이 되고 싶어요. 빨리 돈도 벌고, 다른 세상으로 나아가고 싶어요."

"그럼 학교를 당장 그만두기보다 아르바이트를 해 보는 건 어떨까?"

"아르바이트요?"

신발 끝에서 시선이 움직였다. 담임 선생님의 표정은 사뭇 진지해 보였다. 가벼운 뜻으로 한 얘기 같아 보이지 않았다. 선생님은 괜찮다는 듯 고개를 끄덕이며 말했다.

"그래. 아르바이트 정도면 부모님을 설득하기도 어렵지 않을 거고, 직접 돈도 벌어 보면서 시이가 뭘 하고 싶은지 충분히 생각해 볼 수 있지 않을까? 학교를 그만두는 건 그 이후에 결정해도 늦지 않고."

아르바이트를 생각해 보지 않은 건 아니지만, 학교를 그만두고 싶다는 마음이 더 강했다. 내가 무언가 직접 만들어 나가고 싶었고, 내 선택에 그만큼 책임질 자신도 있었다. 하지만 지금은 달랐다. 학교를 그만두는 게 정말 그토록 원하는 일이었는지, 내가 책임질 수 있을지 확신이 없었다. 며칠 전까지만 해도 내 감정 하나 다스리지 못하고 은지에게 잔뜩 화를 냈다. 그런 내가, 무언가 할 수는 있는 걸까, 스스로 의심이 들었다.

"일단 시이 의견은 존중해. 하지만 조금 힘들더라도 학교생활이랑 아르바이트를 병행하면서 한번 생각해 보면 좋겠어. 어쩌면 그동안 보지 못했던 것들을 발견할 수 있을지도 모르니까."

"네……."

"도움이 필요하면 언제든지 얘기하고."

교문을 나서는 발걸음이 한결 가벼웠다. 지난날과 달리 무엇이라도 해 보자는 마음이 들었다. 다리에 힘이 들어갔다. 어쩌면 엄마도 내게 이렇게 말해 주고 싶었는지 모른다. 천천히 나아가자고, 충분히 믿고 기다려 주겠다고. 고개를 들자 긴 복도가 눈에 들어왔다. 같은 교복을 입은 무리가 활기차게 뛰어가고 몇몇은 반대 방향으로 걸어가고 있었다. 스치는 학생들 사이에서 걸음을 이었다. 내가 가야 하는 방향으로.

"어머! 시이야, 이거 좀 봐."

엄마가 상기된 목소리로 내 이름을 불렀다. 복권이라도 당첨된 건가 싶어 쪼르르 엄마에게 달려갔다. 엄마는 노트북 화면에 뜬 기사를 클릭했다. 특이한 건 없었다. 어느 200미터 단거리 선수가 전국체전에서 금메달을 땄다는 기사였다. 게다가 벌써 몇 년 전의 기사였다.

"이게 뭐?"

김이 샌 나는 입을 삐쭉이며 말했다. 그러나 엄마는 기쁨을 감추지 못하고 기사 맨 위에 있는 사진을 확대해서 보여 줬다.

"여기 김민지 선수가 엄마 후배다?"

"정말?"

"응. 엄마랑 같이 운동하던 동생이야. 이 기사를 왜 이제야 봤을까."

기사를 읽다 눈에 띄는 한 문장을 발견했다. 김민지 선수는 선수로서는 늦은 이십 대 후반의 나이에 꾸준한 노력과 훈련으로 금메달을 받았다. 비록 국가대표 선발전에서는 떨어졌지만, 여기까지 온 것만으로도 정말 대단한 성과라는 내용이었다.

사진을 바라보는 엄마의 표정은 마치 아이 같은 설렘을 간직하고 있었다. 가지고 싶던 것을 선물 받은 듯한 표정이었다. 엄마는 기사에서 눈을 떼지 못했다. 나는 엄마가 왜 이리 신났을까 곰곰이 생각해 봤지만 짐작되지 않았다.

"엄마는 중학교 때 달리기가 하고 싶었어. 심지어 국가대표가 꿈이었다?"

"정말?"

"응. 그래서 동네에서 달리기로 유명한 중학교를 갔는데 민지 얘가 후배로 들어온 거야. 그때는 엄마가 민지보다 더 잘 뛰었다 니까!"

엄마는 분명 밝은 표정을 짓고 있었다. 같은 꿈을 꾸었던 엄마와 후배. 마침내 금메달을 손에 쥔 후배와 새벽같이 일을 나서는 워킹맘이 된 엄마. 엄마도 꿈을 꾸던 때가 있었다는 사실이 신기했다. 동시에 궁금했다. 지금 엄마의 꿈은 어디로 갔을까? 아쉽지는 않을까?

"엄마는 왜 달리기 계속 안 했어?"

"하고 싶었지. 그런데 할머니랑 할아버지가 운동으로 어떻게 먹고사냐면서 반대했어. 무릎을 다치기도 했고. 민지 얘 열심히 한다 싶었는데 결국 해냈네, 정말."

엄마는 금메달을 들고 환히 웃는 후배의 사진에 동경 어린 시선을 보냈다. 그 모습이 꿈을 꾸는 십 대 같았다.

"질투 나지는 않아?"

"오히려 고맙지. 내가 못 이룬 꿈을 끝까지 이루어 주었으니."

엄마에게 후배의 금메달은 질투의 대상이 아니었다. 자신의 꿈까지 안고 달려 준 동료에 가까웠다. 서로가 꿈꿔 온 것을 지켜 주는 것. 후배의 금메달 소식은 엄마에게도 금메달을 안겨 준 듯했다.

"엄마는 또 뭐 하고 싶은 거 없었어?"

엄마 옆에 자리 잡고 물었다. 그건 엄마가 내게 자주 묻던 질문이었다. 시아는 뭘 하고 싶어? 엄마는 그렇게 묻고 끝까지 내 얘길 들어 주었다. 그래서 더 궁금했다. 엄마는 무엇이 되고 싶었는지. 엄마는 잠시 생각하더니 말했다.

"운동을 포기하고 나서는 취업을 해야겠다고 생각했어. 그 뒤엔 글쎄, 아빠를 만나서 결혼을 하고 싶었고, 시아도 만나고 싶었지."

"그럼 꿈을 다 이룬 거네?"

"그렇네."

엄마가 행복한 웃음을 지었다. 엄마의 꿈이 금메달을 받는 거라는 걸 알고 있었다. 지금 삶과 다른 삶을 그렸다는 걸. 그러나 그 웃음이 말하고 있었다. 꿈을 이루지 못해도 행복할 수 있어. 꿈을 이루지 못해도 괜찮아. 어쩌면 꿈보다 더 큰 행복이 기다리고 있으니까. 굳이 말을 하지 않아도 알 수 있었던 그 마음이, 엄마가 없는 지금에야 내 머릿속에서 분명해졌다.

윤월이는 윤월이의 삶을 살고 있는데,

내 삶은 어디에 있는 걸까.

윤월이한테 미안했지만 생각을 멈출 수 없었어.

기억이 잔상처럼 남는다. 사라질 듯 희미해지다가도 끝내 사라지지 않고 어른거린다. 선생님과의 면담을 마치고 학교 밖으로 나왔을 땐 정말 용기 내서 은지에게 연락하고 싶었다. 카페로 찾아가볼까 고민도 했다. 하지만 발걸음이 향한 곳은 집이었다.

은지에게 어떤 말을 해야 할지 몰라 막막했다. 혹시나 먼저 연락이 오지 않을까 싶어 핸드폰을 만지작거리는 게 최선 같았다. 그때 진동이 울렸다. 은지일까 싶어 두근댔지만, 화면에 뜬 건 모르는 번호였다. 맨 앞에 떠 있는 '010'을 보니 스팸 전화는 아닌 것 같았다.

– … 여보세요?

조심스럽게 전화를 받았다. 누군가 싶어 상대가 말하길 기다렸다. 곧 반가운 목소리가 들렸다.

– 시이 전화 맞지? 요즘 카페에 왜 얼굴 안 비쳐? 서운하게.

카페 사장님이었다. 사장님은 평소처럼 활기차고 다정했다. 은지와 나 사이에 있었던 일은 모르는 듯했다.

– 안녕하세요. 사장님. 그런데 제 번호는 어떻게…….

– 은지한테 물어봤지. 은지가 얘기 안 했어?

사장님은 오히려 의외라는 듯 말을 이었다.

– 주말 아르바이트 자리가 비었는데 은지가 시이를 추천하더라고. 커피 종류도 다 외우고 커피콩 분류도 잘한다며? 나도 시이라면 믿고 맡길 수 있어서 혹시 생각 있나 물어보려고 전화했지.

– 은지가요…?

– 그럼. 공짜로 부려 먹는 거 아니고, 알바비도 당연히 챙겨 줄거고.

– 진짜요?

믿기지 않았다. 담임 선생님이 아르바이트를 말했을 때 가장 먼저 떠오른 곳은 카페 쉼터였다. 늘 머무르고, 가끔은 은지 일을 돕곤 했으니까. 그러나 은지와 마음을 푸는 게 먼저이기에 말을 꺼낼수 없었다. 그런데 사장님으로부터 먼저 전화가 왔다. 아르바이트를 해 보지 않겠냐고. 마치 세상이 잘 짜인 그물망처럼 서로 이어진 느낌이었다.

– 맞아. 진짜 아르바이트. 그런데 시이는 미성년자라 부모님 허락이 필요해. 보건소에서 보건증도 발급받아야 하고. 혹시 생각있니?

- 네! 하고 싶어요.

- 그럼 먼저 부모님께 동의서를 받아야겠다. 정 말하기 어려우면 내가 좀 도와줄 수도 있고. 먼저 문자로 계약서 보내 줄 테니까 부모님께 보여 드리렴. 그래야 부모님도 안심을 하시지.

사장님이 꺼낸 단어들은 생소하고 낯설었다. 보건증, 계약서, 통장 사본, 등본······. 학교에서는 쓰지 않는 말들이었다. 그렇기에 더 이 일이 현실로 다가왔다. 학교가 아닌, 사회로 나가는 첫걸음. 다시 가슴이 두근거렸다.

- 오늘 부모님께 말씀드려 보고 연락 줘. 허락 못 받아도 꼭 말해 주고.

- 그런데 저기 사장님······.

멀어지는 사장님의 목소리를 붙잡았다.

- 왜 항상 저를 챙겨 주시는 거예요? 전 그냥 은지랑 친구일 뿐인데······.

핸드폰 너머로 사장님의 마음이 들려왔다.

- 누구인지는 중요하지 않아. 얼굴을 보고 인사를 나눈 것만으로 인연의 시작이니까. 나는 그런 마음으로 카페를 하고 싶거든. 쉬어 가며 인연들을 잔뜩 쌓는.

- 그게 사장님의 꿈이에요?

- 그렇게 살고 싶은 모습도 꿈이라고 부를 수 있다면, 그럴지도

모르겠다. 꿈이라고 꼭 거대할 필요는 없으니까.

'잘 왔어요.'

은지를 반갑게 맞이했다던 사회 복지사 선생님의 첫마디가 기억났다.

'잘 왔어.'

언젠가 카페 사장님도 그 말을 내게 했다. 그 순간 얼굴도 모르고 이름도 모르던 우리는 '아는 사람'이 되었다.

은지도 말했다.

'잘 왔어. 시이야.'

그 말은, 자신의 마음속에 상대의 자리를 두는 일일까. 그렇게 '우리'가 되어 삶이 연결되는 걸까. 열일곱 은지는 스물다섯 은지의 삶을 꿈꾸지 않았다. 그러나 은지는 살아갔다. 은지에게 감정을 쏟아 내던 날, 묵묵히 듣고 있던 은지의 현실이 다가왔다. 텅 빈 집으로 돌아가는 은지. 필요 없는 가구를 정리하는 은지. 방 안 한구석에 유골함을 올려놓는 은지. 그 앞에 놓을 작은 쪽지를 쓰는… 은지. 내 친구가 아닌, 그냥 스물다섯 은지.

은지에게 해야 할 말이 무엇인지 어렴풋이 알 것 같았다.

✛

"주말에 아르바이트해 보려고."

"뭐?"

엄마가 떠난 뒤로 아빠의 생각을 전혀 예측할 수 없었다. 다툰 뒤로 대화 없는 저녁 식사가 계속됐고, 서로 어떻게 다가가면 좋을지 몰라 어색한 침묵을 지켰다. 그러다 겨우 꺼낸 이야기가 아르바이트였다.

"학교를 그만두는 건?"

"그건 천천히 생각해 볼게. 일단은 지금 할 수 있는 것부터 해 보고 싶어."

아빠는 깊은 숨을 내쉬었다. 표정이 조금 풀어지는 게 보였다. 무얼 하든 학교를 그만두는 것보다는 낫다는 생각인 것 같았다. 아빠는 계약서를 꼼꼼히 읽더니 사장님과 직접 통화하겠다고 했다. 안방에서 한참 통화를 나눈 아빠가 방문을 열고 나왔다. 여전히 굳은 표정이 남아 있었지만 생각은 정리된 듯 했다.

"사장님과 통화했어. 아르바이트 한번 해봐."

아빠는 부모님 동의서에 서명을 했다. 아빠는 내 앞으로 된 통장 사본 서류를 준비하고 보건증 발급을 위해 어디에 보건소가 있는지도 알아봤다. 그런 아빠의 모습을 보고 있자니 밖에서 일하는 아빠의 모습이 상상됐다. 맡은 일에 책임지고 열심히 일하며 살아가는 아빠.

"내일 학교 끝나고 다녀오면 되겠다."

인터넷으로 알아보니 보건증 발급까지는 일주일 정도 걸린다고 했다. 다음 주면 아르바이트를 시작할 수 있는 터였다. 그간 제대로 풀린 적 없던 일들이 이제야 풀리는 것 같아 가슴이 벅차올랐다.

하지만 아직 남은 일이 있었다. 은지와의 관계를 풀어나가는 것. 내가 카페에서 일하게 됐다는 걸, 은지도 전해 들었을 텐데 먼저 연락이 없었다. 은지는 지금 무슨 마음일까. 손에 든 동의서와 통장 사본을 보자 미안함이 점점 더 커졌다.

시간이 흐르면 다 해결된다고?

네가 어떻게 내 마음을 다 알아?

은지에게 따갑게 한 말을 곱씹었다. 은지는 말했다. 시간이 지나면 해결되는 것도 있다고. 우리의 관계도 시간이 흐르면 해결되는 걸까? 이번만큼은 은지의 말을 믿고 싶었다. 우리도 시간이 지나면 다시 함께할 거라고.

꧁⸱꧂

"안녕하세요. 사장님."

"시이구나. 일찍 왔네."

아르바이트 날이 다가왔다. 주말 아침부터 사장님이 활짝 웃으며 나를 반겼다. 긴장감에 숨을 크게 들이마셨다. 고소하고 묵직한 초콜릿 향이 코끝에 감돌았다. 사장님은 이미 원두를 볶고 시음까지 마친 듯했다. 은지가 하듯 가방을 캐비닛 안에 넣고 갈색 앞치마를 맸다. 머리는 집에서 출발하기 전에 흔들리지 않게 머리망으로 고정하고 모자까지 쓴 상태였다. 그런 내 모습을 사장님은 꼼꼼히 살펴본 뒤 앞치마의 매듭을 나비 모양으로 다시 묶어 주었다.

"오늘부터 잘 부탁해요."

사장님이 두 손을 꼭 잡았다.

"열심히 하겠습니다."

"좋아!"

사장님은 오픈 준비는 청소에서부터 시작된다며 바닥 쓸고 닦는 법, 테이블과 유리창 닦는 법 등을 차근차근 일러 주었다. 은지가 하던 저녁 당번 청소 때와는 또 달라서 신경을 쓰지 않을 수 없었다. 포스기 다루는 법과 잔돈 맞추는 법을 들을 땐 하나라도 놓치지 않기 위해 집중했다. 마지막으로 사장님이 눈을 마주치며 당부했다.

"커피를 잘 내리는 것도 중요하지만, 사람과 사람이 만나는 순간인 만큼 어려워도 눈을 맞추고 인사했으면 좋겠어."

은지가 떠올랐다. 그래서 은지가 아무리 바쁘고 힘들어도 손님이 들어오면 눈을 마주치며 인사를 하고 주문을 받았구나. 은지도 처음엔 나처럼 모든 게 낯설고 어렵게 느껴졌을까. 가만 보니 카페여기저기 은지의 손이 닿지 않은 것이 없었다. 앞치마부터 행주와 포스기, 커피를 내리는 머신까지도 모두 은지가 매일 같이 쓰고 매만지는 것들이었다. 들떴던 마음이 다시 무겁게 가라앉았다. 하지만 드러낼 순 없었다. 곧 첫 손님이 들어왔다.

사장님이 어깨를 살짝 두드리며 눈짓했다.

"어서 오세요."

사장님의 당부대로 눈을 바라보며 인사를 건넸다.

"아이스 아메리카노랑 따뜻한 라테 하나 주세요."

손님은 내 쪽을 제대로 보지 않고 핸드폰에만 시선을 두었다. 카드를 건네받을 때 겨우 눈이 마주쳤다. 긴장감에 목소리가 옅게 떨렸다.

"안에서 드시나요? 가져가시나요?"

"가져갈게요."

"네, 팔천 원입니다."

포스기에 주문한 음료를 찍고 카드 결제 버튼을 눌렀다. 결제가 끝나자 기다렸다는 듯 영수증이 나왔다.

"영수증 드릴까요?"

"버려 주세요."

주문을 접수한 사장님이 곧바로 원두를 갈고 음료를 만들었다. 자리에 앉은 생에 첫 손님은 딱히 특별할 게 없는 모습이었다. 후드티를 입고 까만색 안경을 쓴 평범한 사람……. 하지만 눈을 마주치고 인사를 나누는 것만으로도 인연을 맺은 거라던 사장님의 말이 떠오르자 왠지 특별하게 느껴졌다. 그런 걸까. 정말 눈을 마주치는 것만으로도 특별한 인연이 되는 걸까.

"주문하신 음료 나왔습니다!"

손님이 나가자 사장님이 잘했다며 어깨를 다독였다. 긴장이 스르르 풀리며 털썩 주저앉고 싶었다. 그제야 어렴풋이 보였다. 어른이 된다는 건 내 마음대로 좋아하는 일을 하는 것이 아니라 불편해도 웃으며 사람을 대하는 일이라는 걸. 상대방의 마음이 편할 수 있도록 작은 친절을 베푸는 일이라는 걸. 그동안 내가 받은 친절이 얼마나 대단한 것들이었는지 새삼스레 다가왔다.

밤새 잠든 몸을 깨우기 위해 카페를 찾는 손님이 줄을 이었다. 시간이 지날수록 손놀림이 점점 능숙해졌다. 자꾸 흘러내리던 컵홀더도 딱 맞게 고정할 수 있게 되었고, 포장용 박스도 척척 한 번에 펼 수 있었다. 커피 뚜껑 위에 적는 음료 기호도 금세 익혔다. 밀려들던 손님은 점심시간 되어서야 조금 뜸해졌다.

"점심을 먹고 나면 다시 손님들이 들어올 거야. 그사이에 커피

내리는 법을 배워 볼까? 먼저 에스프레소부터."

사장님은 커피 머신을 정리한 뒤 앞치마를 가다듬었다. 나도 어색하게 커피 머신 앞에 섰다. 한쪽에는 볶은 원두가 담긴 그라인더가 놓여 있었다. 밖에서 보던 것과 달리 커피 머신은 꽤 복잡해 보였다. 사장님은 몸에 익은 듯 자연스럽게 그라인더에 원두를 채우며 말했다.

"에스프레소는 커피의 기본이야. 에스프레소 자체를 마시기도 하고, 아메리카노나 라테를 만드는 재료가 되기도 하지. 그만큼 자주 내려야 하는데 번거로워도 꼭 포터필터를 깨끗하게 닦고 정량을 담아야 해. 그렇지 않으면 맛이 변할 수 있어."

사장님이 포터필터를 건넸다. 난생처음 쥐어 본 포터필터는 꽤 묵직했다. 손에 착 달라붙는 게 느껴졌다. 사장님의 지시에 따라 그라인더 버튼을 누르니 굉음과 함께 원두가 갈려 나왔다. 고무패드에 포터필터를 내려놓고 탬퍼로 살짝 눌렀다. 분쇄된 원두가 한쪽으로 쏠려 있었다.

"직각으로 눌러서 원두를 평평하게 하는 게 중요해. 그래도 수평이 맞지 않으면 탬퍼 뒷부분으로 살짝 쳐서 맞춰 주면 돼."

탬퍼로 툭툭 치자 쏠려 있던 원두가 고루 퍼졌다. 2차 탬핑은 평평하게 압력을 주는 게 포인트였다. 탬퍼 바닥과 수직이 되도록 어깨선을 맞추고 체중을 실어 꾹 눌렀다. 탬퍼를 떼면서 조금 흐트

러졌지만 나름 제법 단단해 보였다.

"처음 해 보는 것치고는 잘하는데? 그래도 조금 더 수평을 맞추면 좋겠어. 누를 땐 몸무게를 더 확실하게 실어야 해. 자, 이제 머신에 장착하고 에스프레소 더블 버튼을 눌러 봐."

사장님이 알려 준 버튼을 누르자 에스프레소 두 잔이 나왔다. 먼저 나온 에스프레소는 검은색에 가까웠지만 시간이 지날수록 옅은 초콜릿색으로 변했다. 마지막에는 크레마라고 하는 황금빛 거품이 곱게 흘러나왔다.

"맛볼래?"

사장님이 작은 에스프레소 잔을 내밀었다. 헤이즐넛 향처럼 달달하진 않지만 고소하면서도 산뜻한 과일 향이 풍겼다. 한 모금 마시자 쌉쓸한 맛이 목구멍을 타고 확 퍼졌다. 표정이 절로 찡그려졌다. 사장님이 소리 내어 웃었다.

"좀 쓰지? 그래도 시간이 지나면 입안에 깊은 맛이 남아 있는 걸 느낄 수 있어. 천천히 음미해 봐."

다시 한 모금 마셨다. 이번에는 바로 넘기지 않고 입에 잠시 머금었다가 천천히 삼켰다. 여전히 쓴맛이 강렬했지만, 넘어갈 때는 고소한 맛이 옅게 올라오는 것도 같았다. 다 삼키고 난 뒤에는 오히려 달콤한 맛이 느껴지기도 했다.

"어때?"

"여러 맛이 있어요. 고소하기도 하고 산뜻하기도 하고 신기해요. 어떻게 이런 맛이 에스프레소 한 잔에 담길 수 있는지."

"그치? 시이도 커피 마실 줄 아네. 그 맛에 빠지면 나처럼 평생 커피를 사랑하게 되는 거야."

사장님은 마음 맞는 친구와 대화하듯 기뻐 보였다. 나 역시 그간 몰랐던 커피의 진짜 모습을 발견한 기분이었다. 쓴맛과 단맛, 신맛과 고소한 맛, 깊으면서도 가벼운 맛, 어울리지 않을 것 같은 존재들이 서로 기대어 하나를 이뤘다.

"이렇게 맛있는 커피를 좋아하는 사람들과 함께 나눌 수 있다는 게 얼마나 큰 행복이니?"

사장님이 남은 에스프레소를 마저 마셨다. 통창 밖으로 지나다니는 사람을 보며 생각에 잠긴 듯했다. 이내 다시 말했다.

"커피 마시는 사람들의 표정을 가만 살펴봐. 다들 편안해 보이지? 커피 한 잔이 종일 바빴던 누군가에겐 여유를, 마음이 힘들었던 사람들에겐 위로를 전하기도 하거든. 그 마음을 담아 카페 이름도 '쉼표'라고 지었고. 나는 시이도 저 커피처럼 사람들에게 편안함을 선물하는 어른이 될 거라 믿어."

사장님의 말처럼 사람들의 표정은 정말 편안해 보였다. 생각해 보면 나 역시 그랬던 것 같았다. 학교에서는 종일 신경을 곤두세우다가도 여기에만 오면 마음을 누그러뜨리고 은지와 수다를 떨었다. 세상 모두를 미워하다가도 헤이즐넛 커피 향에 누군가를 그리워하기도 했다.

"사장님… 저 실은…….'

짤랑, 풍경이 울렸다.

"어, 손님 왔다. 이번엔 주문도 받고 에스프레소도 내려 봐."

"네. 어서 오세…….'

문을 열고 들어오는 얼굴이 낯익었다. 회색 후드 티셔츠를 입고 모자를 눌러 쓴 안명우였다. 카페가 학교 근처긴 하지만 첫날부터 같은 반 친구를 만나게 될 거라고는 예상하지 못했다. 나를 알아본 명우도 조금 놀라는 눈치였다.

"어? 뭐야? 너도 여기서 일하나?"

뒤에서 지켜보던 사장님이 물었다.

"시이 친구야?"

"… 같은 반이요."

사장님의 물음에 선뜻 친구라는 말이 나오지 않았다. 명우를 친구라고 부르기엔 어색했으니까. 명우는 내 대답을 신경 쓰지 않는 눈치였다.

"아이스 녹차라테로 부탁해."

주문을 마친 명우가 익숙하게 카페 안쪽에 자리 잡았다. 사장님께 레시피를 듣는 동안에도 명우 쪽을 흘끔거렸다. 명우는 태블릿

두 개를 동시에 펼쳐 놓은 채 뚫어져라 쳐다보고만 있었다. 녹차라테를 받아간 뒤에도 명우는 특별히 아는 척을 하지도, 말을 걸지도 않고 자리에만 앉아 있었다. 내가 자꾸 명우 쪽을 바라보자 사장님이 쿠키 하나를 건네며 말했다.

"친구한테 서비스로 주고 와."

"친하지는 않은데……."

"그래도, 자."

어쩔 수 없이 쿠키를 들고 명우 앞으로 향했다. 명우는 태블릿 화면에 집중한 나머지 내 인기척도 느끼지 못했다. 가까이 다가가서 보니 태블릿 하나에는 유튜브 화면이, 나머지 하나에는 게임이 돌아가고 있었다.

"야, 안명우. 이거 우리 사장님이 갖다 주래."

"땡큐."

명우가 무뚝뚝한 표정으로 쿠키를 받아들었다. 명우는 다시 태블릿으로 시선을 돌렸다. 그런데 내가 자리로 돌아가려는 순간, 명우가 불렀다.

"야, 윤시이."

"왜?"

"너 고은지랑 친하냐?"

"… 그건 왜?"

"… 아니다."

명우는 별다른 말을 하지 않고 태블릿에 시선을 집중했다. 찜찜한 마음이 들었다. 점심시간이 되자 카페에는 손님이 가득 찼다. 정신없이 주문을 받고 에스프레소를 내리는 동안 어느새 명우는 자리를 떠난 듯 보이지 않았다. 손님이 다 빠져나간 뒤 사장님이 한숨 돌리며 말했다.

"시이가 잘 따라와 줘서 고맙네. 안 그래도 은지가 그만둔다고 해서 걱정했는데."

"… 은지가요?"

"어머, 얘기 못 들었니?"

사장님이 놀란 기색으로 말했다.

"고등학교 자퇴하고 검정고시 준비한다고 하던데. 나는 당연히 시이도 아는 줄 알았지. 안 그래도 요즘 표정이 안 좋아서 걱정하던 참이었는데. 얼마 전에는 급한 일 있다고 일찍 퇴근하기도 하고. 무슨 일이 있는 건지……."

사장님의 목소리가 꽤 무거웠다. 학교에서 본 은지의 모습이 떠올랐다. 평소보다 어두운 표정, 다가오지 않는 발걸음, 모르는 척 지나가던 점심시간, 모두 나 때문이라고 생각했다. 내가 상처 줘서. 내가 아프게 해서. 어깨가 무거웠다. 더는 미룰 수 없었다. 은지를 만나야 했다.

#열일곱_스물다섯

"은지한테 무슨 일 있으면 바로 알려 줘. 오늘 고생했어. 조심히 들어가."

두 다리를 빠르게 움직였다. 마음이 급해서인지 자꾸만 팔이 발보다 먼저 앞으로 뻗어 나갔다. 은지와 함께 걸을 땐 금방 도착했던 그 길이 지금은 한없이 길이 멀게만 느껴졌다. 어느새 숨이 턱 끝까지 차올랐다.

'네가 원하면 편하게 놀러 와도 돼. 어차피 난 매일 거기에 있으니까.'

은지의 말이 떠오른다. 이 말을 하기 위해 은지는 얼마나 큰 용기를 냈을까. 자기를 원망하고 있다는 걸 뻔히 알면서도, 자기도 그날의 기억이 아프면서도. 은지는 먼저 손 내밀었다. 마주친 나를 피하지 않고 똑바로 바라보면서. 그날도 그랬다. 핸드폰 너머 내 흐느낌을 듣고 은지는 단숨에 달려왔다. 나는 아파트 입구 화단에 앉아 은지에게 마음속에 있는 얘기를 마구 쏟아냈다. 그 무겁고 날카로운 감정들을 은지는 묵묵히 듣고 있었다.

"엄마… 엄마만 있었다면… 엄마가 보고 싶어."

분명 그 말을 했다. 그때 은지의 눈빛은 흔들렸다. 그 말을 듣는 은지 마음 따위 신경 쓰지 않았다. 그저 원망하듯 감정을 쏟아냈다. 너 때문이야. 너 때문에 우리 엄마가 죽었어. 그렇게 말하지 않았지만, 은지는 알고 있었다. 어깨에 올라간 은지의 손이 가늘게 떨렸다.

"시이야. 바보 같은 말이지만 시간이 해결해 주는 것도 있어. 난 그렇게 믿어."

은지가 내 손을 끌어당겼다. 은지는 먼 곳으로 시선을 던졌다. 나를 바라보지도, 그렇다고 무언가를 응시하는 느낌도 아니었다. 은지도 말했다. 바보 같은 말이라고. 그때 나는 그 말이 정말 바보 같았다. 시간을 가늠할 수 없는 내게 그 믿음은 의미 없었다. 난 널 응원해. 널 믿고 있어. 이런 뻔한 말을 듣고 싶었다.

"고작 그런 말이나 하려고 찾아온 거야?"

실은 무력한 내게 화가 났다. 내 힘으로 아무것도 할 수 없다는 게 참을 수 없을 만큼 분했다. 그래서 은지를 탓했다. 너는 성인이니까, 무엇이든 마음대로 할 수 있지 않냐면서. 은지는 흩어지듯 말했다. 그게 아니고… 시이야……. 그때부터 은지가 하는 말은 들리지 않았다. 오로지 은지를 상처 주기 위해 말했을 뿐.

"넌, 넌 그럼 다 괜찮아? 윤월이가 없어도?"

말할수록 홀가분함이 들었다. 멈추지 않고 내게 온 불행을 모조리 은지에게 쏟아부었다. 그러나 동시에 그렇게 말하는 내가 싫었다. 내가 싫어서 더 상처 주고, 또 상처 줬다.

숨을 크게 들이마셨다가 짧게 몇 번에 나누어 뱉는다. 다시 숨을 크게 마시고 짧게 한 번 더 마신다. 또 나누어 뱉는다. 200미터 단거리를 뛰듯 힘차게 발을 내디딘다. 달릴수록 가슴이 조여 오듯 답답하다. 더 크게, 이번에는 가슴을 활짝 펴고 숨을 내쉰다. 폐 속 깊숙이 들어왔던 공기가 뜨겁게 분출된다.

이내 길고 좁은 계단이 눈앞에 드러난다. 고개를 들고 그 끝을 바라본다. 계단 위로 해가 저물고 있다. 붉은색 노을이 점점 어둠을 향해간다. 다리가 후들거린다. 한참 숨을 고르고 한 걸음 더 내디딘다.

하나, 둘, 셋…….

처음 이 계단을 오를 때처럼 숫자를 센다.

종아리 근육이 뻐근하다. 손을 뻗어 억지로 무릎을 끌어 올린다. 은지는 이 계단을 매일 오르내렸다. 일상처럼. 머리를 질끈 묶고 아무렇지 않게. 나는 하나도 안 괜찮은데, 은지는 괜찮다고 했다. 실은 안 괜찮으면서. 괜찮아야 하니까 괜찮다고 말하던 은지의 뒷모습이 떠오른다. 늘 나보다 한 걸음 앞서 계단을 오르던…… 계단을 오르는 걸음이 천천히 느려진다. 숨이 차오르다 못해 힘이 풀린다.

… 스물넷, 스물다섯, 스물여섯…….

도저히 견딜 수 없어 주저앉는다. 몸 여기저기가 찌르듯이 아프다. 고개를 툭, 벽에 기댄다. 바람이 살랑이며 땀을 식힌다. 해는 점점 더 기울어지고 보랏빛 저녁이 코앞까지 다가온다. 빌라 벽을 타고 곳곳에서 사람 소리가 들린다. 설거지하는 소리. 세탁기 돌아가는 소리. 가족 혹은 친구와 떠드는 소리. 은지의 집에 있을 소리를 떠올리다 핸드폰을 꺼낸다. 은지의 세상에 소리를 전한다.

따르르릉, 따르르릉.

신호음이 이어진다. 받을까. 내 전화를, 은지는 받을까. 마음이 조마조마하다. 연결음이 끝나지 않을 듯이 이어진다. 받지 않는 걸까. 이제 나 같은 건 보기 싫어진 걸까. 할 수 있다면 그때 그 순간으로 다시 돌아가고 싶다. 그리고 말하고 싶다. 와줘서 고맙다고. 함께해 줘서 고맙다고. 아직 기회를 달라고 하고 싶다. 어떻게든,

무슨 말이라도 하고 싶다. 그때 연결음이 끊긴다. 아무 소리도 들리지 않는다. 핸드폰을 보자 숫자가 흘러가고 있다. 전화를 받았다.

– 시이야…….

한참이 지나서야 은지의 목소리가 들린다. 맹맹한 게 꼭 자다 일어난 목소리 같다. 하지만 이내 슬픔이라는 걸 눈치챘다. 다듬는 목소리에서. 가슴에 걸린 숨소리에서. 코에 맺힌 슬픔을 삼키는 소리에서. 목소리만 들었는데 은지의 얼굴이 떠오른다. 옅은 갈색 눈동자와 동그랗고 하얀 이마, 작지만 작은 말도 놓치지 않는 귀. 나도 겨우 말을 뗀다.

– 은지…….

– …….

– 고은지, 왜 나한테 말 안 했어?

– 시이야.

– 학교 그만두는 것도, 카페 그만두는 것도……. 내가 싫으면 싫다고 말이라도 해야 할 거 아냐! 그냥 그렇게 떠나는 법이 어딨어!

목소리가 커진다. 자꾸만 눈물이 흐른다. 목이 막히고 코가 맹맹하다. 어떻게든 말해 보려 눈물과 콧물을 크게 삼킨다. 흐릿한 눈에 이른 저녁, 다시 산등성이에 빛이 보인다. 눈을 깜박이자 빛이 선명해졌다가 이내 다시 흐려진다. 이제 말해야 한다. 실은, 내가 진짜 하고 싶은 말은.

- 미안해! 미안하다고!

- ……

- 내가 미안해. 그렇게 말하는 게 아니었어. 너한테 한 말 다 진심 아니야. 그냥 화가 나서, 그런데 어떻게 해야 할지 몰라서 그랬어. 나 너랑 학교 다니고 싶어. 알바도 같이하고 공부도 같이하고 싶어. 은지야, 그러니까…….

- 시이야…….

- 가지 마.

핸드폰을 움켜쥔다. 혹시 듣지 못했을까 더 가까이 대고 말한다. 가지 마. 해가 완전히 저물었다. 빛이 사라진 자리마다 거센 바람이 불어온다. 눈물이 마르고, 깊게 숨이 들어온다. 가슴이 후련하다. 하나둘 가로등 불빛이 켜지고, 머리 위로 다시 빛이 쏟아진다. 몸을 일으켜 위를 바라본다.

- 오늘은 내가 너에게 갈게. 지금 계단 오르고 있어.

다시 하나, 둘, 셋…….

늘 은지와 걸었던 계단을 홀로 오른다.

✦

툴툴거리며 선풍기가 돌아가고 있었다. 이제는 저녁에도 제법 기온이 높다며 은지는 창문을 활짝 열고 환기를 시켰다. 은지가 건넨 담요에서 라일락 향기가 풍겼다. 그 향기가 좋아 바닥에 까는 대신 무릎 위에 올려 두었다. 은지가 냉장고에서 캔 두 개를 꺼내 왔다.

"자, 마셔."

"이건 맥주잖아."

나는 깜짝 놀라 눈을 동그랗게 뜨고 은지를 쳐다봤다.

"응. 속얘기할 땐 맥주가 최고거든. 그리고 난 스물다섯인걸."

맥주 캔은 살얼음이 끼어 있을 만큼 차가웠다. 이러지도 저러지도 못하고 있는데 은지가 다시 맥주 캔을 낚아챘다.

"장난이야. 자, 콜라."

은지가 웃으며 다시 냉장고에서 탄산음료 캔을 꺼내 주었다. 편안한 웃음소리에 툭 긴장의 끈이 풀어지는 걸 느꼈다. 그제야 내가 은지네 집에 와 있음을 실감했다. 은지는 익숙하게 캔 뚜껑을 따고 맥주를 들이켰다. 꿀꺽꿀꺽 맥주 넘어가는 소리가 시원했다. 나는 은지가 준 음료를 마시는 대신 볼에 갖다 대며 열기를 식혔다. 오른쪽 볼을 식히면 왼쪽 볼에 열이 오르고, 왼쪽 볼을 식히면 오른쪽 볼에 열이 올랐다.

"시이, 너 볼 빨개."

"은지 너도."

서로 눈이 맞았다. 은지는 맥주 한 모금에 얼굴이 새빨갛게 올라왔다. 탁상 거울에 비친 내 얼굴은 퉁퉁 부어 눈이 다 떠지지 않을 정도였다. 피식, 웃음이 새어 났다.

"어른이라고 해서 다 술을 잘 마시는 건 아니구나."

"그럼 시이는, 열일곱이라고 아무것도 못 하는 건 아니잖아."

"… 들었어?"

"응. 아까 사장님한테 문자 왔어. 시이 잘하고 갔으니 걱정 말라고. 너도 들었어?"

"응."

정적이 흘렀다. 볼이 얼마나 뜨거웠는지 그새 캔이 미지근해졌다. 은지 뒤 책장에는 검정고시 문제집이 놓여 있었다. 학교를 그만두겠다는 건 진심이었을까? 어떻게 물어야 할까, 문제집에서 시선을 거두지 못하자 은지가 뒤를 돌아보곤 알겠다는 듯 말했다.

"진짜 그만둘 생각이냐고 묻고 싶은 거지?"

"… 응."

"내가 왜 다시 고등학교로 갔는지 말했던 거 기억나?"

"……."

"도망치고 싶었어. 나를 아무도 모르는 곳으로……. 꿈에 자주 고등학교가 나왔고 나는 교복을 입고 있었어. 그래서 문득 생각한 거야. 고등학교에 가자. 아무도 날 모르는 곳에서, 윤월이를 가지기 전으로 돌아가 살아가자. 모두가 날 열일곱으로 알고, 나는 열일곱의 은지로 다시 살아가는 거야. 처음부터, 처음부터 다시. 그런데 널 만난 거야. 내 모든 걸 알고 있는."

은지를 처음 봤던 순간이 떠올랐다. 엄마의 장례식에 들어오지 못하고 서 있던 모습. 그 짧은 순간 얼굴을 봤을 뿐인데 나는 은지를 기억했다. 은지가 도망치고 싶어서 온 곳에, 가장 도망치고 싶었을 내가 있었다.

"시이 널 만날 거라고는 상상도 못했어. 그렇게 아무도 모르게 열일곱 살로 돌아가는 꿈은 시작부터 틀어져 버렸어. 그런데, 싫지 않더라. 너랑 함께하는 시간들이. 그 평범한 일상들이. 그 열일곱의 삶이. 가끔 윤월이가 마지막으로 내게 남긴 선물이 아닐까 생각하기도 했어."

"……."

"이런 얘기 좀 힘들지?"

은지가 맥주를 삼켰다. 얼굴에 홍조가 짙었지만 말은 또렷했다. 눈빛에선 선선함이 돌았다. 이제는 말해야 하는 우리. 은지의 눈에 두려움은 없었다. 더 명확하게, 두려움은 아무것도 바꾸지 못한다는 초연함이 있었다.

"나 때문에… 그만두는 거야? 내가 함부로 말해서?"

"그렇지 않아, 시이야."

이번에는 맥주를 내려놓았다. 반쯤 빈 캔이 가벼운 소리를 냈다. 은지는 내 눈을 지긋이 바라보았다. 이 말은 진심이야. 진심을 알아줘. 그렇게 말하는 듯했다. 나도 은지의 눈을 응시했다. 은지의 동공에 잔뜩 긴장한 내 표정이 비쳤다.

"물론 네가 한 말은 마음 아팠어. 그것까지 아니라곤 하지 않을게. 그렇지만 다른 이유가 있어. 그건······."

은지가 입을 좌우로 달싹였다. 단어를 고를 때의 습관 같은 것이었다. 정리가 됐는지 은지가 숨을 크게 들이마시고 내뱉었다. 알싸한 맥주 향이 코를 간지럽혔다.

┼

그날이 있고 며칠이 흘렀다. 은지는 가슴속에 내 말이 여기저기 박혀 몇 날 며칠, 마음이 아팠다. 잠자리에 누우면 내 말이 떠올랐다.

'고작 그런 말을 하러 온 거야?'

어떤 날은 자신이 싫었다. 고작 그 정도 위로밖에 하지 못한 자신을 탓해 보기도 했다. 먼저 연락을 하고 싶었다. 내가 모자라서 미안하다고 말할까. 위로가 되지 못해서 미안했다고, 그렇게 말하면 될까. 그러나 은지는 자꾸만 내 눈물이 떠올랐다.

'엄마가 보고 싶어.'

그 말에서 흘러나오는 슬픔이 무엇인지 알았다. 그래서 용서받지 못할 것 같았다. 자신이 윤월이를 택했고, 그날 윤월이가 그곳에 있었으며, 우리 엄마는 윤월이를 구하길 택했다. 선택과 선택이 맞물려 도미노처럼 무너졌다. 은지는 내가 그대로 마음을 풀어 주길 기다리는 것밖에 할 수 없었다.

내가 없는 사거리 카페는 유난히 적막했다. 은지는 커피콩을 고르면서 소소한 대화를 나눌 사람조차 없었다. 애써 일이라도 더 하자며 대청소를 하거나 물건을 꺼내 하나씩 정리를 했다. 그날도 같았다. 일할 거리를 찾아 창고를 정리하는데 풍경 소리가 들렸다. 급하게 들었던 박스를 내려두고 카운터로 갔다. 그곳에는 익숙한 얼굴의 손님이 서 있었다.

"어서 오세… 어?"

"어머! 윤월 엄마?"

선호 엄마였다. 선호와 윤월이는 유치원 친구였다. 둘은 꽤 잘 어울리는 편이어서 하원 이후 유치원 앞 놀이터에서 종종 놀곤 했다. 그때마다 은지도 선호 엄마와 어울려 이야기를 나누곤 했는데, 선호 엄마는 어려 보이는 은지가 윤월이를 키우는 모습을 보고도 이것저것 캐묻는 일이 없었다. 그런 선호 엄마의 마음 씀씀이를 은지는 늘 고맙게 생각했다.

"윤월 엄마 맞죠? 갑자기 사라져서 얼마나 얼마나 걱정했는데."

"네……."

사고 이후 은지는 모든 연락을 끊었다. 가능하다면 멀리 도망치고 싶었다. 하지만 현실적으로 이사를 가긴 어려웠다. 얼마 없는 돈을 아이 장례 치르는 데 모두 썼으니까. 대신 동네에서 좀 떨어진 곳에 아르바이트를 구했다. 그러나 소문은 쉽게 퍼졌다. 선아동 사고 구역과 가까운 곳에 위치했던 유치원. 사라진 윤월이와 은지. 모자이크 된 CCTV 화면에는 윤월이가 다니던 하늘색 유치원 가방이 흐릿하게 찍혀 있었다.

소문을 듣고 몇몇 사람에게 연락이 왔다. 어떻게 지내냐는 말도, 가벼운 안부도 은지에게는 소문을 확인하려는 연락처럼 보였다. 은지는 답하지 않았고 부재중 연락은 나날이 쌓여 갔다. 급기야 아무도 모르게 번호를 바꿨다. 연락처마저 모두 지운 은지의 핸드폰에는 카페 사장님과 담임 선생님, 그리고 내 전화번호만 저장돼 있었다.

"미안해요. 그땐……."

"아냐, 사정이 있었겠지. 그래도 조금 서운하긴 했어. 갑자기 번호도 바꾸고."

"……."

도미노는 다 무너질 때까지 멈추지 않았다. 또다시 맑은 풍경소리가 울렸다. 같은 반 명우였다. 선호 엄마는 일행인 듯 반갑게 손흔들었다. 선호 엄마는 명우를 은지에게 소개했다.

"여기는 우리 조카 명우야. 명우야, 여기는 이모 친구."

"고은지 아냐?"

"이모 친구한테 고은지가 뭐야? 근데… 서로 아는 사이야?"

어리둥절해하는 선호 엄마를 가운데 두고 은지와 명우는 서로를 바라보았다. 은지는 당장이라도 도망치고 싶은 마음을 애써 붙잡았다. 다리가 후들후들 떨렸다. 반면 명우는 태연하게 말을 이었다.

"쟤 우리 반인데?"

"뭐?"

"1학년 3반 고은지."

명우가 확인이라도 하듯 말했다. 은지는 어떻게 말해야 할지 몰라 고개를 숙였다. 선호 엄마는 상황을 이해하지 못하고 명우와 은지를 번갈아 봤다. 무슨 말이라도, 무슨 말이라도……. 은지는 머리가 복잡했다. 변명과 진실이 번갈아 가며 꼬리를 물었다. 어떤 말로도 다 설명할 수 없었지만, 어떻게든 말해야 했다.

"그러니까 윤월 엄마가 지금 고등학교를 다닌다고?"

"……."

"윤월 엄마······?"

선호 엄마는 의아한 듯 은지의 말을 기다렸다. 더는 침묵할 수 없었다. 결국, 은지는 모든 일을 얘기했다. 윤월이가 떠났다는 것도, 선아동 트럭 사고의 피해 아동이었다는 것도, 도망치듯 고등학교에 재입학을 신청한 것도. 선호 엄마는 이야기를 들으며 입을 떼지 못했다. 소문은 사실이었고 은지는 고등학교에 재입학했다. 그러나 선호 엄마도 한 아이의 엄마였다. 자식을 잃은 부모 마음이 얼마나 비참한지 조금이나마 이해했다.

"그럼 번호를 바꾼 것도······."

"윤월이가 그렇게 떠나고··· 어떻게 해야 할지 모르겠더라고요."

"얘기라도 하지. 혼자서 얼마나 힘들었어······."

"··· 죄송해요."

선호 엄마는 눈물을 보였다. 갑자기 사라져 걱정도 됐지만, 그래도 어딘가에서 잘 살고 있을거라 믿었다. 하지만 현실은 달랐다. 선호 엄마가 눈물을 흘리는 동안 은지는 고개를 푹 숙였다. 명우는 아무 말 없이 모든 얘기를 듣고 서 있었다. 그때 은지는 결심했다.

"아주 짧은 꿈을 꾸었다고, 그렇게 생각하기로 했어. 한순간이라도 윤월이의 엄마가 아닌 나로 살기 위해 노력했던 그런 꿈같은 시간이었다고. 더는 도망칠 수 없다는 사실이 생생해서 손에 잡힐 것만 같았어. 그게 얼마나 괴롭든 아프든, 이제는 마주해야 할 때라고. 나는 스물다섯이고 윤월이는 세상을 떠났다는 걸 알아. 내가 있을 곳은 학교가 아닌 사회라는 걸 알아. 어쩌면 잔인했던 세상에 어리광 부리고 싶었는지도 몰라. 언젠가 꿈에서 깨어나야 하듯, 그게 지금일 뿐이겠지. 그만두는 게 아냐. 다시 시작하려는 거지."

은지는 깨달았다. 열일곱 은지는 더 이상 존재하지 않는다는 걸. 열일곱이고 싶은 스물다섯 은지만 존재한다는 걸. 스물다섯 은지가 있어야 할 곳은 학교가 아니라 더 넓은 세상이라는 걸.

✛

그제야 나는 왜 은지가 내게 시선조차 주지 않았는지 이해했다. 명우가 은지의 사연을 아는 상태에서 나와 가깝게 지내는 모습을 보면 행여 나한테까지 불똥이 튈까 걱정이 된 것이다. 은지는 더 이상 내가 학교에서 선아동 사고를 떠올리지 않길 바랐다.

"… 왜 먼저 얘기하지 않았어?"

"어떻게 말해야 할지 어려웠어. 학교를 그만두는 날에는 말하려고 했어."

"카페는 왜 그만두려는 거야?"

"이미 명우도 알게 된 상황에서 혹시 학교에 소문이 날까……."

"마주하고 싶다며!"

그려지지 않았다. 은지 없는 카페가, 은지 없는 학교가, 은지가 사라진 내 삶이. 은지와 만나서 함께하는 동안 알게 된 게 있다. 과거를 완전히 벗어난 새로운 삶이란 있을 수 없다. 시간과 기억은 칼로 자르듯 딱 잘리지 않고 이어진다. 그렇기에 지금을 마주한다. 마주하지 않으면 계속 반복될 테니까. 지금 내 앞에 있는 은지는 윤월이의 엄마도, 선아동 트럭 사고의 피해자 엄마도 아니었다. 그저 은지, 내 친구 은지였다.

"나는 은지 네가 얼마나 아프고 괴로운 삶을 살았는지 몰라. 아이를 먼저 떠나보낸다는 게 어떤 심정인지도 몰라. 어쩌면 영영 모를지도 몰라. 그런데 지금을 마주하지 않으면 평생 도망칠 수밖에 없다는 사실은 알아. 나는 앞으로도 매 순간 엄마를 그리워하겠지만 피하지 않고 마주할 거야. 도망치지 않고 기억하고 또 기억할 거야."

"……."

"그러니까 은지 너는 네 자리에서 도망가지 마. 학교든 사회든 네가 있을 곳을 직접 만들어 가면 되잖아. 그러다 보면… 어쩌면… 시간이 해결해 줄지도 모르잖아."

은지에게 했던 미안하다는 말. 그 말 한마디를 하지 못해서 얼마나 후회했는지 떠올랐다. 그리고 지금, 은지를 붙잡지 않으면 긴 시간을 후회하게 될 거란 걸, 본능적으로 알았다. 조금 더 용기를 쥐어짜며 말했다.

"우리 같이 함께하자. 카페에서 알바도 같이하고 공부도 같이하고… 지금처럼 이렇게……."

"시이야……."

은지가 나긋나긋 이름을 불렀다. 얼굴이 달아올랐다. 선풍기는 여전히 규칙적인 소리를 내며 움직였다. 창밖에서 바람이 불자 알록달록한 무늬를 가진 천이 춤을 추듯 부드럽게 움직였다. 테이블 위 맥주 캔에서 물방울이 하나씩 떨어져 내렸다. 어느 집에서 늦은 저녁을 먹는 듯 찌개 냄새가 솔솔 방까지 타고 들어왔다. 은지가 자리에서 일어나 기지개를 켰다. 후련하다는 듯이. 그러고는 말했다.

"이미 학교는 그만두겠다고 했어. 내 마음도 검정고시를 보는 쪽으로 결정했고. 꼭 시이 너 때문이 아니라, 그게 더 현실적이고 도움이 될 것 같아서야. 대신……."

은지가 은은한 미소를 띠며 말을 마쳤다. 단호하게 자신의 말을 하는 은지를 더는 붙잡을 수 없다는 걸 알았다. 도망가기 위함이 아니라 새로운 시작을 맞이하려는 은지의 마음이 나한테까지 흘러들어 왔으니까. 새로운 시작은 내가 원하는 방향이 아닐 수 있었다. 그러나 마지막 말까지 마치고 허공을 응시하던 은지는 장난스럽게 웃으며 말했다.

"사장님께 전화를 해야겠어. 변덕쟁이라고 생각하면 어쩌지?"

"사장님은 고집쟁이인걸."

"맞아. 그러네."

은지의 입가에 은은한 미소가 감돌았다. 그 미소를 보며 우리의 삶이 각자의 길로 갈라지고 있다는 걸 느꼈다. 하지만 슬프다는 생각은 들지 않았다. 과거를 완전히 벗어난 삶이란 있을 수 없으니까. 함께한 기억을 잊지 않는 한 영원히 우리는 친구일 테니까.

그건 엄마도 시이도 서로 사랑하고 있으니까 그런 거야.

그런 마음으로 살아가면 돼.

언젠가 엄마가 내게 해 주었던 그 말이 살며시 내 등을 밀어 주었다.

#마지막이라는_시작

　방학식 날은 아침부터 분주했다. 평소보다 30분은 일찍 일어나 평소 잘 하지도 않는 화장까지 도전했다. 머리를 말린 뒤 고데기로 깔끔하게 정리하고 앞머리도 보기 좋게 말아 올렸다. 전날 세탁소에 맡겨 둔 교복은 구겨진 곳 없이 잘 다려져 있었다. 맨 위에서부터 차례차례 엇갈리지 않게 단추를 잠갔다. 치마 안쪽으로 셔츠를 넣었다. 넥타이가 단정하게 떨어졌다.

　이른 시간, 카페로 가는 발걸음이 가벼웠다.

　"오늘이라고 했지?"

　"네."

"오늘따라 시이도 긴장한 것 같은데? 예쁘게 화장도 하고. 은지가 깜짝 놀라겠네."

"네? 아녜요. 그냥 입술만 발랐어요."

짓궂은 사장님의 농담에 얼굴이 뜨거워졌다. 잠시 뒤 풍경이 울리고 은지가 카페 안으로 들어섰다. 은지는 평소와 다를 바 없는 표정이었다. 앞치마를 두르며 은지에게 물었다.

"오늘은 무슨 음료 마실래?"

"따듯한 라테, 헤이즐넛으로 부탁해."

포터필터를 걸치고 그라인더 버튼을 눌렀다. 요란한 소리와 함께 원두가 갈려 나왔다. 탬핑에서 중요한 건 어깨의 각도였다. 무게를 잘 싣기만 해도 탬퍼에 압력이 고루 전달됐다. 에스프레소를 내리는 동시에 스팀기로 우유를 데웠다. 시끄러운 소리가 잦아드는 걸 확인한 뒤 에스프레소에 헤이즐넛 시럽을 두 번 짜 넣고 우유를 천천히 부었다. 손목을 살며시 흔들어 가운데에 흰색 우유 거품이 올라오도록 했다. 쇠꼬챙이로 가운데를 가르자 예쁜 하트 무늬가 완성됐다.

그 모습을 지켜보던 사장님은 어깨를 다독였다. "시이가 있으니 좋네."라는 말도 잊지 않았다. 은지는 음료를 받아들고 웃음을 지었다. 하트 모양이 재밌는 모양이었다.

"이제 곧 나를 따라잡겠는걸?"

"당연하지. 올해가 끝나기 전에 로제타에 도전하는 게 목표야."

커피를 한 잔 더 내리고 텀블러에 담은 뒤 카페를 빠져나왔다. 잘 다녀오라는 사장님의 인사가 포근하게 느껴졌다. 선선한 바람에 애써 정리한 앞머리를 헝클어졌다. 내가 자꾸 앞머리를 만지자 은지가 장난스럽게 말했다.

"오늘따라 왜 이렇게 꾸몄어?"

"뭐, 뭘 꾸며?"

은지의 눈을 피할 순 없었다. 티가 많이 나나 싶어 손거울을 꺼내 확인했다. 확실히 평소보단 볼이 불그스름했다.

"요즘엔 열일곱 살도 이 정도는 다 하고 다녀."

괜히 민망해 입을 삐죽 내밀었다.

⁘

명우는 주말마다 카페를 찾아왔다. 메뉴도 늘 같았다.

"녹차라테 아이스."

그날도 명우는 무심한 표정으로 자리에 앉아 태블릿에 게임을 켜 두고 문제집을 풀었다. 사람들이 없을 때 나는 용기를 내 명우에게 다가갔다.

"저기… 고마웠어. 그때는."

"뭐가?"

"은지 얘기 다 들었다며."

"아, 그거?"

무표정한 표정과 말투 때문에 속내를 알 수 없지만, 눈빛만큼은 정직하다는 생각이 들었다.

"딱히 남 얘기하는 거 별로 안 좋아해서. 내가 알았다고 해서 뭐 달라지는 것도 아니고."

"그렇구나. 나는 혹시나……."

대화는 길지 않았다. 잔잔한 카페 음악이 나와 명우 사이를 흘렀다. 잠시 뒤 명우가 입을 열었다. 시선은 여전히 태블릿 게임 화면을 향한 채였다.

"걱정하지 마. 솔직히 고은지가 스물다섯이든 열일곱이든 무슨 상관이야. 같은 반 친구인 건 변함없는데. 안 그래도 고은지가 신경 쓸까 봐 그 말 전해 달라고 말하려 했어."

그제야 처음 카페에서 명우를 봤을 때가 떠올랐다. 나에게 무언가 말하려다 거두던 모습. 은지와 친하냐는 물음은 은지 사정을 알고 있는지 확인하는 물음이었다. 그러나 끝까지 내게 은지에 대해 말하지 않았던 명우가 믿음직했다.

"고마워."

"알면 됐다. 그런데 너 고은지랑 되게 친한가 보다?"

"어, 그게……."

"불편하면 말 안 해도 돼. 그냥 보기 좋아서 물어봤어."

명우의 마지막 말에 대답하지 않았다. 명우도 내 대답이 그다지 중요하지 않은 듯했다. 나는 다시 자리로 돌아가 쿠키 하나를 챙겨 명우에게 건넸다.

"이거 먹어. 내가 주는 서비스야."

"그래. 고맙다. 그런데 나 여기 자주 와도 되냐? 공부하기 괜찮네."

"이미 자주 오고 있잖아. 마음대로 해. 여긴 누구나 올 수 있는 곳이니까. 그런데 게임 틀어놓고 하면 공부가 돼?"

명우는 잠시 생각에 빠졌다.

"나중에 게임 개발자 되는 게 내 꿈이야. 이건 노는 게 아니라 연구하는 거야."

명우가 진지한 표정으로 말했다. 생각해 보니 게임을 하는 명우는 늘 진지해 보였다. 단순히 즐기는 것 이상으로 집중하면서 눈을 반짝였다.

"그래? 대단하다. 그런데 이건 무슨 게임이야? 재미있어?"

"이 게임? 이 게임에 대해 말하자면 우리나라에서 최초로……."

그 뒤로 이어진 게임에 대한 명우의 설명은 다음 손님이 올 때까지 무려 30분 넘게 이어졌다. 명우가 이렇게 말이 많은 애였는지 그때 처음 알았다. 그 뒤로 명우는 내가 일하는 주말뿐만 아니라 은지가 일하는 평일에도 자주 카페에 와서 구석 자리를 차지했다. 그런 명우가 불편하지도 않은지 은지는 공부하다 모르는 게 있으면 틈틈이 명우 옆에 앉아 물어보곤 했다. 나는 그런 은지가 신기해 이렇게 물었다.

"명우가 오는 게 불편할 때도 있지 않아?"

"불편하긴. 오히려 나에 대해 잘 아니까 더 편해. 아무것도 숨길 필요가 없잖아. 그리고 명우가 공부를 얼마나 잘하는데. 모르는 문제를 물어보면 엄청 자세히 알려 줘."

역시나 명우는 속을 알 수 없는 아이였다.

은지의 마지막 날은 평범했다. 은지가 1학기를 끝으로 자퇴한다는 사실은 학교에서 담임 선생님과 나, 명우만 알고 있었다. 1교시, 2교시, 3교시, 마지막 4교시까지도 시간은 평소와 다름없이 흘렀다. 은지의 표정도 보통날과 다르지 않았다. 한 글자라도 더 듣기 위해 귀를 쫑긋 세우고 필기를 멈추지 않았다. 오히려 조바심이 나는 사람은 나였다. 나는 자꾸 시선이 은지 쪽으로 향하는 걸 멈출 수 없었다.

은지가 없는 학교는 어떤 모습일까. 학교를 먼저 떠나는 사람은 나일 줄 알았다. 앞일은 정말 한 치 앞도 모른다는 걸 다시 한번 실감했다. 아침에 날 깨우고 안아 주던 엄마가 저녁에 세상을 떠나던 그날처럼. 고등학교 첫날 은지를 마주친 것처럼. 하지만 한 치 앞을 모르기에 우리는 오늘을 버티고 내일로 나아간다. 나도, 은지도. 우리는 새로운 시작 앞에 놓여 있었다.

마침내 마지막 종이 울렸다. 방학을 앞둔 아이들은 그저 신나 보였다. 어차피 학교가 아닌 학원으로 가겠지만, 아침에 조금 더 잘 수 있는 게 어디냐며 한껏 들떠 있었다. 은지의 표정은 끝까지 차분했다. 담임 선생님이 종례 마지막에 은지의 이름을 부르는 순간까지도.

"아쉽게도 오늘이 은지가 여러분과 함께 공부하는 마지막 날이었어. 은지야, 앞에 나와서 인사하렴."

여기저기서 웅성거리는 소리가 들렸다. 명우는 다 알고 있어 태연한 건지, 원래 태연한지 속을 알 수 없었다. 노하은과 김여름은 놀란 듯 서로 이유를 물었다. 앞에 선 은지가 반 친구들을 천천히 둘러본 뒤 수줍은 목소리로 말했다.

"짧은 학교생활이었지만 잊지 못할 거야. 그동안 고마웠어. 다들 건강하게 지내. 안녕."

"다들 은지를 위해서 응원의 박수 보내 주자."

담임 선생님의 말에 은지와 친하지 않은 애들까지 모두 은지를 향해 박수 쳤다. 은지가 어떤 삶을 살아왔는지, 어떤 사람인지 알지 못해도 같은 반이라는 이유로 응원을 보냈다. 종례가 끝나자 몇몇 애들은 은지에게 다가와 왜 자퇴하는 것인지 따로 물었다. 은지는 대학 준비를 바로 할 거라고 대답했다. 그리고 꽤 오랫동안 자신이 앉았던 책상과 의자를 손으로 쓰다듬었다. 마치 지금 이 순간을 영원히 잊지 않기 위해 마음속에 담아 두려는 것처럼.

질문이 길어지자 나는 은지에게 마지막 눈짓을 했다. 함께 나가자는 눈짓이었다. 우리는 운동장을 가로질러 교문까지, 교문을 나서 초록색 버스 정류장까지, 정류장을 넘어 사거리 카페까지 함께 걸어 나갔다.

╌╌

"은지의 새로운 삶을 축하해!"

사장님의 축하 인사에 맞춰 은지가 후 하고 초를 불었다. 하얀 연기가 옅게 피어올랐다. 커다란 꽃다발이 은지 품에 안겼다. 은지는 쑥스러운 듯 물었다.

"생일도 아닌데 웬 케이크예요?"

은지의 질문에 사장님이 짓궂은 표정을 지었다.

"새롭게 태어난 날이니까 케이크를 먹어야지. 봐. 여기 초도 큰 거 두 개, 작은 거 다섯 개잖아."

그제야 은지가 이해했다는 듯 환한 웃음을 지었다. 나도 가방에서 주섬주섬 선물을 꺼내 은지에게 건넸다.

"이건 내가 직접 로스팅한 원두야. 내가 준비할 수 있는 게 이거밖에 없어서……."

수줍어하는 내 모습에 사장님이 말을 거들었다.

"시이가 로스팅 공부를 얼마나 열심히 했는지 몰라. 원두도 직접 고르고 시간도 정확히 재던걸. 세상에 딱 하나밖에 없는 시이표 원두란다."

"고마워. 시이야. 정말 고마워."

은지는 품에 선물과 꽃을 가득 안았다. 어느 미래에 있더라도 지금 이 순간을 잊지 않겠다는 다짐 같았다. 눈물은 흘리지 않았다. 기쁨의 순간을 기쁨으로 기억해야 한다는 듯. 대신 잔뜩 웃고 잔뜩 서로를 응원했다. 한바탕 웃은 뒤 가라앉은 은지의 표정 안에 슬픔이 보였다. 나도 마찬가지였다. 이 순간이 실은 이별의 순간이라는 걸, 우리는 알고 있었다. 은지는 차분히 말했다.

"시이야, 너랑 꼭 가고 싶은 곳이 있어."

말을 마친 은지가 사장님 쪽을 바라보았다. 사장님이 미소를 지으며 고개를 끄덕였다.

"늦기 전에 어서 다녀와."

사장님이 나와 은지의 등을 살며시 떠밀었다. 마치 모든 걸 알고 있다는 듯이. 여름이 시작되는 7월 한낮의 햇살은 뜨거웠다. 금세 콧등에 땀이 올라왔다. 은지와 나는 말없이 버스 정류장을 향해 걸었다. 버스에서 내려 지하철을 타고 도착한 곳은 시외버스 터미널이었다. 우리는 표를 끊고 터미널 안에 있는 우동집에서 늦은 점심을 먹었다. 아쉬운 듯 우리는 서로를 바라보다 어색하게 웃었다. 그러곤 서둘러 붉은색 시외버스에 몸을 실었다.

버스는 한 시간 정도를 달린 뒤에야 우리를 내려주었다. 목적지까지 가려면 십여 분 정도 언덕길을 걸어 올라가야 했다. 가로수가 길게 뻗은 길을 한 걸음 한 걸음 같이 걸었다. 어디선가 찌르르, 이른 매미 울음소리가 들렸다. 나무 사이를 오가는 새들의 날갯짓 소리는 소란스러웠다. 금세 등골에 땀이 흘렀다. 그때 언덕 위에서 시원한 바람이 불어왔다. 고개를 들어보니 저 멀리에서 노란색 얼룩을 가진 고양이 한 마리가 가만히 앉아 우리를 쳐다보고 있었다.

언덕을 오르자 왼쪽으로 푸른 잔디밭이, 오른쪽으로는 하얀 화장터 건물이 있었다. 잔디밭에는 비석이 일정한 간격으로 세워져 있었는데, 듬성듬성 꽃들이 놓여 있었다. 화장터 앞에는 막 장례를 치르고 도착한 것으로 보이는 검은색 장의차와 버스가 줄지어 서 있었다. 차 문이 열리자 먼저 검은 상복을 입은 남자가 영정 사진을 품에 안고 내렸다. 그 뒤를 사람들이 천천히 따랐다. 맨 마지막으로 나온 여성은 거동이 힘든지 허리를 숙인 채 간신히 걸음을 내디뎠다.

"안 돼. 안 돼. 우리 아기 안 돼. 가지 마."

화장로 앞. 장의차에서 관을 꺼내자 여성이 더 이상 걷지 못하고 흐느끼며 쓰러졌다. 주변 사람들이 달려들어 여성을 부축했다. 영정 사진 속에 환히 웃는 아이가 있었다. 여성은 아무래도 그 아이의 엄마인 것 같았다.

카트에 실린 관과 그 가족 모두가 건물 안으로 사라질 때까지 우리는 가만히 서 있었다. 아이의 엄마는 끝내 일어서지 못하고 사람들 손에 끌려가듯 건물 안으로 들어갔다. 절규에 가까운 외침이 점점 멀어졌지만, 귓가에 잔상이 남았다. 은지가 크게 숨을 내쉬었다. 두 눈두덩이가 붉게 젖어 있었다.

"조금 쉬었다 갈까?"

은지를 가까운 벤치로 이끌었다. 바람이 나뭇잎을 쓸어 왔다. 땀에 젖은 등이 천천히 식었다. 은지는 천천히 입을 뗐다.

"윤월이가 떠났을 때… 원망스러웠어."

"… 뭐가?"

"아무리 울어도 슬픔을 다 말할 수 없어서."

"……."

"불행하지 않았냐고 물은 적 있지?"

말 대신 고개를 끄덕였다. 그때 은지는 말했다. 엄마는 불행할 수 없다고. 아이가 울 때 웃을 수만 있으면, 그건 희망이라고. 하지만 은지는 조금 다른 말을 했다.

"그때 그 말이 진심이 아니었던 건 아냐. 그런데 가장 불행한 건 함께 웃고 울 아이조차 사라졌을 때였어."

"은지야……."

"윤월이가 떠나고 그대로 죽을까 생각한 적이 있어. 옥탑 난간에 몸을 반쯤 내밀고 한참을 서 있었지. 그런데 무서운 거야. 이대로 떨어진다 생각하니 너무 무서워서 금방이라도 주저앉을 것 같았어. 그러면서 이런 생각이 들더라. 나도 이렇게 죽는 게 무서운데 작은 아이는 얼마나 무서웠을까……."

은지가 고개를 들고 하늘을 봤다. 하얀 구름 뒤로 해가 잠시 모습을 감추었다. 찌르르, 매미 울음소리가 다시 들려왔다. 나무는 푸르렀다. 봉오리가 남김없이 피어난 듯. 가슴이 두근거렸다.

"그때 너희 엄마가 떠올랐어. 그 아이를 끝까지 안아 준 사람. 얼어붙은 나 대신 아이를 지키기 위해 뛰어든 사람. 그래서 죽을 수 없었어. 평생 동안 윤월이와 너희 엄마를 기억하자고 울면서 다짐했어. 너희 엄마가 아니었다면…….”

“…….”

“나는 어떻게 되었을까, 그런 마음이 들어. 그래서 널 처음 봤을 때 지나칠 수 없었어.”

구름이 천천히, 아주 천천히 바람을 타고 서쪽으로 움직였다. 마치 우리에게 귀 기울이듯이. 눈을 감았다. 영상으로 본 그날의 장면들이 반복적으로 재생됐다. 차도 쪽으로 뛰어가던 아이. 속도를 줄이지 않는 트럭. 그리고 아이를 지키기 위해 뛰어든… 엄마, 우리 엄마…….

“어쩌면 나는, 엄마가 우리를 이어줬다는 생각을 해…….”

“…….”

“엄마는 늘 그랬거든. 웃고 장난치면서도 항상 세상과 나를 이어 주곤 했어. 엄마를 통해 세상을 보는 기분이 들 때도 있었어. 그런데 네 얘길 들으니까 조금은 알 것 같아.”

“… 어떤 걸?”

“엄마도 나를 통해서 새로운 세상을 만났다는 거.”

그사이 아까 왔던 차들은 떠나고 다른 장의차와 버스가 들어왔다. 문이 열리자 상복을 입은 사십 대 정도 되어 보이는 남성이 할아버지의 영정 사진을 들고 내렸다. 그 뒤를 가족들이 무덤덤한 얼굴로 따랐다. 중간에 백발의 할머니가 손주들 손을 잡고 밖으로 나오는 게 보였다. 겨우 초등학생 정도 되어 보이는 애들은 뭐가 그리 재미있는지 장난을 치며 연신 깔깔거렸다. 슬픔에도 무게가 있을까. 그래서 어떤 슬픔은 무겁고 어떤 슬픔은 가벼운 걸까.

가만히 은지의 손 위에 내 손을 얹었다.

"시이야……."

"그래도 너라는 세상을 만나게 돼서 기뻐."

하늘을 향하던 은지의 얼굴이 내 쪽으로 향했다. 우리는 울지 않았다. 눈물로 보내기엔 너무 아까운 시간이었으니까. 미워하고 슬퍼하기엔 시간은 너무도 빠르게 흐르니까. 어쩐지 엄마의 목소리가 들리는 것 같았다.

"살다 보면 어떻게든 다 살아지더라."

"걸을까?"

"… 응."

한 걸음. 다시 한 걸음. 화장터 뒤편으로 이어지는 숲길을 천천히 걸었다. 햇살은 눈이 부실 정도로 뜨거웠고, 고요했다. 낙엽 하나가 떨어졌다. 여름 낙엽. 새로운 이파리를 내기 위해 떨어진 상록수 잎이었다. 떨어지고 피어난다. 당연한 사실이 마음에 와닿

왔다.

납골당 내부는 한기가 느껴질 정도로 시원했다. 엄마의 유골함은 가장 안쪽 방에 위치해 있었다. 나와 은지는 사물함처럼 빼곡하게 들어선 안치단을 지나며 그 안에 있는 사진을 하나하나 살펴보았다. 유리벽 사이로 편지처럼 포스트잇이 붙어 있었다.

'아빠, 잘 지내지? 그곳에선 아프지 말고 건강해야 돼.'

'여보, 애들 다 키우고 갈게. 그때까지 외로워하지 말고 기다려.'

'할아버지 할머니, 사랑해요. 보고 싶어요.'

'내 소중한 아들, 그립다.'

그리고 엄마의 안치단 속에는 하얀 유골함과 함께 활짝 웃는 엄마와 아빠, 그리고 내 사진이 들어 있었다. 지난 명절에 아빠와 함께 붙여 둔 노란색 조화도 그대로였다. 그런데 그것만이 아니었다. 아직 시들지 않은 하얀 생화가 함께 안치단에 있었다.

"이 꽃은 처음 봐……."

"너희 아빠가 오셨다 간 거 아닐까?"

자세히 보니 엄마의 유골함 옆에는 잘 접힌 편지가 놓여 있었다. 단정하게 접은 편지 바깥에는 '사랑하는 당신에게'라는 글씨가 보였다. 나는 관리인 아저씨에게 부탁해 안치단 창을 열고 편지를 꺼냈다.

어떻게 해야 시이를 잘 키울 수 있을까.

당신 없는 세상을 우리가 어떻게 살아가야 할까.

시이를 생각하면 당신의 빈자리가 너무도 크게 느껴져 자신이 없어.

최근에는 학교를 그만둔다고 해서 어떻게 해야 할지 모르겠어.

어떻게 하면 시이에게 상처 주지 않고 얘기할 수 있을까?

당신의 웃음과 여유가 그리워.

그래도 힘을 내 볼게. 시이도 새롭게 일을 시작했어.

당신처럼, 시이를 믿어 주려고.

당신의 빈자리를 채울 수 있도록 노력해 볼게.

미안해. 그리고 사랑해.

집에 남은 아빠의 뒷모습이 떠올랐다. 엄마가 없는 내가 아닌, 아내가 없는 아빠. 아빠도 아내가 없는 삶이 처음이었다. 모자라고 미숙한 마음이 그대로 드러나 버렸던 날들. 엄마는 마지막까지 마음을 이어 주었다. 은지와 나, '우리' 가족의 마음 모두.

"… 몰랐어. 아빠 마음은……."

"선물, 나눠도 괜찮을까?"

고개를 끄덕였다. 은지가 커다란 종이 가방에서 잘 포장해 온 해바라기 꽃을 꺼냈다. 은지에게 선물하기 위해 미리 준비해 놓은 꽃이었지만, 이 순간을 위해 우리에게 남겨진 듯했다. 가운데 크고 노란 해바라기를 중심으로 하얀 데이지 꽃이 둘러싸고 있는 소담한 꽃다발. 은지는 가운데 해바라기는 내게 건네고 데이지 꽃은 자신 품에 안았다. 엄마의 유골함 앞에서 은지는 손바닥으로 꽃송이를 감싸 안으며 손을 모으고 기도했다. 나도 눈을 감았다.

'엄마⋯⋯.'

엄마의 모습이 스쳐 지나갔다. 한때 꿈을 가지고 달렸던 엄마, 뱃속에 나를 품고 행복한 웃음을 지었을 엄마, 굳은 표정으로 우뚝 서서 불쌍한 사람은 없다고 말하던 엄마, 소파 위에서 잡지를 읽다 눈이 마주치면 활짝 웃던 엄마, 내 말을 믿고 응원해 주던 엄마, 엄마, 엄마⋯⋯.

머리끝에서 따사로운 기운이 느껴졌다. 건물 높이 위치한 창에서 빛줄기가 쏟아지고 있었다. 먼저 놓인 꽃이 한껏 빛을 머금었다. 유리창이 반짝였다. 우리는 한동안 말없이 서 있었다. 은지는 무슨 말을 했을까. 엄마는 뭐라고 얘기해 주었을까. 빛이 기울 즈음 은지가 입을 열었다.

"돌아갈까?"

"응."

바깥은 여전히 환했다. 뜨거운 열기는 조금 식어 걷기 좋았다. 잔디를 밟는 걸음이 가벼웠다.

"그런데 시이는 학교를 계속 다닐 거야?"

"잘 모르겠어. 그만두고 싶은 마음은 진짜였는데."

"그런데?"

나는 발끝에 닿은 돌멩이를 툭 차며 말했다.

"지금은 그냥 이대로 다녀도 나쁘지 않겠다는 생각이 들어. 미래는 어떻게 될지 모르잖아. 그게 시간이 해결해 준다는 거 아니겠어?"

내 말에 은지가 옅은 웃음을 지었다. 한때 나를 바닥까지 끌고 갔던 그 말이 이제는 나를 내일로 이끄는 말이 되었다. 은지도 발아래 있는 돌멩이를 툭 찼다. 돌멩이가 데굴데굴 굴러 풀숲으로 사라졌다. 은지가 투정 부리듯 말했다.

"그때 내가 얼마나 속상했는데."

"그래서 그때 그렇게 울었어?"

"뭐? 너 정말!"

나를 위해 달려온 은지가 떠올랐다. 그때는 눈물의 의미를 몰랐다. 그러나 이제 조금은 안다. 소중한 것을 지키기 위해 얼마나 큰 용기가 필요한지. 아무도 알아주지 않아도 속으로 얼마나 발버둥 쳐야 하는지. 은지의 눈물은 그 노력을 담고 있었다. 그렇게 울지 않으면 채워지지 않을 마음이.

"아, 맞다!"

은지가 걸음을 멈추고 가방을 앞으로 돌려 뒤적였다. 나도 걸음을 멈추고 은지를 가만히 지켜보았다. 은지는 진공 포장 된 지퍼백 하나를 꺼냈다. 그 안에는 교복 셔츠가 들어 있었다.

"이제 나는 필요 없으니까, 시이 줄게."

문득, 궁금함이 들었다. 지퍼백을 열고 긴팔 교복 셔츠를 꺼내 탈탈 털었다. 포장하기 전에 세탁에 다림질까지 했는지 셔츠는 주름 하나 없는 상태로 라일락 향기까지 났다. 나는 빠르게 교복 셔츠의 단추 개수와 구멍 개수를 셌다. 하나, 둘, 셋, 넷, 다섯, 여섯, 일곱, 여덟. 단추는 일곱 개인데 구멍은 여덟 개였다.

"뭐야? 이것도 그러네?"

"뭐가?"

"이거, 단추랑 구멍 개수랑 안 맞아."

"몰랐어?"

은지가 당연하다는 듯 말했다.

"올해 셔츠가 불량이라 재주문 들어갔잖아. 희망자에 한해서 교환해 준다고 학교 홈페이지에 올라왔는데 못 봤나 보구나. 나는 번거로워서 교환 안 했거든."

"그러니까 원래 이렇게 나온 거라고?"

"응."

허탈함에 웃음이 났다. 잎을 스치며 불어오는 바람이 여기저기를 간지럽혔다. 슬픔이 가득한 화장장 한 편에서 또 다른 웃음소리가 들렸다. 아이들의 웃음소리였다. 눈물과 웃음이 허물없이 존재하는 곳. 죽음과 삶이 숨 쉬는 곳. 은지가 말한 희망이 무엇인지 알 것 같은 기분이었다.

엄마, 잘 지내고 있지?

곧 고등학교 졸업식인데 엄마가 함께하지 못해서 너무 아쉽다.

그래도 아빠랑 은지, 카페 사장님까지 와 주기로 했어.

엄마랑 했던 이야기는 이루어지지 않았지만, 그 덕에 좋은 친구도 생겼어.

명우랑 솜이인데 종종 카페에 놀러 와. 글쎄 은지가 다니는 대학교에

솜이가 신입생으로 들어간다더라. 둘 다 사회복지과로 선후배가 된대.

세상 참 좁지? 명우도 원하는 과로 대학에 간대.

나는… 커피를 좀 더 공부해 보기로 했어. 아빠는 대학에 대한 마음을

포기하지 못했지만, 난 대학 대신 바리스타 자격증 공부를 열심히 해서

올해는 꼭 붙으려고 해.

그곳에서 언제나 응원해 줘.

엄마, 보고 싶어.

스무 살 시이가

고등학교에 다시 가는 꿈을 자주 꿨다. 불과 반년에 불과했던 고등학교 생활이 그리 즐겁지도 않았는데 꿈에서 나는 교복을 입고 있었다. 꿈속에서도 나는 내가 왜 교복을 입고 있을까 의아해했다. 어쩌면, 나는 고등학교를 그만둔 걸 후회했던 게 아닐까. 꿈에서 깨고 나면 종종 이런 생각을 했다. 하지만 지금 돌이켜봐도, 그다지 후회는 없다.

가장 힘든 순간이 언제였냐고 묻는다면, 나는 십 대라 대답하겠다. 대부분 십 대의 삶은 가정과 학교로 이루어진다. 그러나 십 대였던 나는 그 어디에도 마음을 둘 수 없었다. 그래서 학교 밖을 꿈

뒀고, 내가 있어도 괜찮은 자리를 찾고 싶었다. 그 절실함은 시간이 훌쩍 지난 지금도 생생하게 떠오른다. 그건 결코 가벼운 것이 아니었다.

세상에 필요 없는 이야기가 있겠냐마는, 누구보다도 과거의 나와 비슷한 고민을 가진 이들에게 필요한 이야기를 쓰고 싶었다. 그래서 나는 믿기로 했다. 자신의 삶을 고민하고, 방황하고, 또 확신을 가지며 찾아 가는 모든 청소년을. 그 고민의 무게를. 너무 무거운 주제를 택한 게 아니냐는 물음에 대한 답이라고 생각한다. 나는 너를 진심으로 믿고 있다고, 있는 힘껏 얘기해 주고 싶었다.

좋은 어른은 중요하다. 생각해 보면 내가 고등학교를 그만두고 이른 독립을 했을 때 버틸 수 있었던 이유는 좋은 어른이 있었기 때문이다. 병원비를 쥐어 주던 아르바이트 사장님, 밥은 챙겨 먹냐며 끼니를 걱정해 주던 선생님. 그 작은 호의들이 나를 살아가게 만들었고, 지금도 그렇다. 그래서 소설 속에 정말 '나쁜' 어른을 두고 싶지 않았다. 나쁜 어른이 세상에 없는 건 아니지만, 최소한 우리가 만나는 이곳에서만큼은 좋은 어른으로 가득한 삶을 꿈꾸고 싶었다.

꿈에 관한 이야기를 이어 가자면, 소설을 마무리하던 날 나는 다시 고등학교에 다니는 꿈을 꾸었다. 꿈속에서 나는 늘 학교를 답답해했는데, 그날은 졸업을 앞두고 기뻐했다. 그리고 웃으며 친구들에게 작별 인사를 했다. 내 안에서 무언가 달라진 것이다. 시이와 은지를 통해 내 과거도 자신이 있어야 할 자리를 되찾았는지 모르겠다.

앞으로 더 많은 이야기를 쓰고 싶다. 삶이 끝나지 않는 한, 글은 이어지리라 믿는다. 모든 작품은 결과이지만 동시에 과정이다. 어쩌면 모든 순간이 그렇지 않을까.

가장 힘없는 순간,
가장 빛나는 너희들.
누군가 진심으로 믿고 있다는 걸 기억해 주길.

인터뷰에 응해 주신 송원석 선생님, 성심여자고등학교 이진영 수녀님과 학생들, 부족한 초고를 읽어 준 믿음직한 동료분들, 책을 만들어 가며 함께 애써 주신 마이디어북스에 감사의 말을 전한다.

마디북 청소년 문학 002

오늘은 내가 너에게 갈게

초판 1쇄 인쇄 2026년 3월 17일
초판 1쇄 발행 2026년 3월 26일

지은이 이수연
펴낸이 신의연
책임편집 이호빈
펴낸곳 마이디어북스
등록 2022년 4월 25일(제2025-000015호)
전화 070-8064-6056
팩스 031-8056-9406
전자우편 mydearbooks@naver.com
인스타그램 @mydear__b

ⓒ 이수연 2026
ISBN 979-11-93289-71-6 (43810)